EM BUSCA DE
CINDERELA
EM BUSCA DA
PERFEIÇÃO

Obras da autora publicadas pela Editora Record:

Série Slammed
Métrica
Pausa
Essa garota

Série Hopeless
Um caso perdido
Sem esperança
Em busca de Cinderela

Série Nunca, jamais
Nunca, jamais
Nunca, jamais: parte 2
Nunca, jamais: parte 3

Série Talvez
Talvez um dia
Talvez agora

Série É Assim que Acaba
É assim que acaba
É assim que começa

O lado feio do amor
Novembro, 9
Confesse
Tarde demais
As mil partes do meu coração
Todas as suas (im)perfeições
Verity
Se não fosse você
Layla
Até o verão terminar
Uma segunda chance

COLLEEN HOOVER

EM BUSCA DE
CINDERELA
EM BUSCA DA
PERFEIÇÃO

Tradução
Priscila Catão

17ª edição

— **Galera** —
RIO DE JANEIRO
2025

CIP-BRASIL. CATALOGAÇÃO NA PUBLICAÇÃO
SINDICATO NACIONAL DOS EDITORES DE LIVROS, RJ

H759e

Hoover, Colleen, 1979-

17. ed.　　Em busca de Cinderela / Em busca da perfeição / Colleen Hoover;
tradução Priscila Catão. - 17. ed. - Rio de Janeiro : Galera Record, 2025.

Tradução de: Finding Cinderella / Finding perfect
ISBN: 978-65-5981-106-9

1. Ficção americana. I. Catão, Priscila. II. Título.

21-75102　　　　　　　　　　　　　　　CDD: 813
　　　　　　　　　　　　　　　　　　　CDU: 82-3(73)

Meri Gleice Rodrigues de Souza - Bibliotecária - CRB-7/6439

Título original norte-americano:
Finding Cinderella/Finding perfect

Copyright © 2013 by Colleen Hoover
Copyright © 2019 by Colleen Hoover

Editora-Executiva: Rafaella Machado
Coordenadora Editorial: Stella Carneiro

Equipe Editorial
Juliana de Oliveira • Isabel Rodrigues
Lígia Almeida • Manoela Alves

Revisão: Mauro Borges
Diagramação: Myla Guimarães
Capa: Carmell Louize
Design de capa: Letícia Quintilhano

Todos os direitos reservados.

Proibida a reprodução, no todo ou em parte, através de quaisquer meios.
Os direitos morais da autora foram assegurados.

Texto revisado segundo o novo Acordo Ortográfico da Língua Portuguesa.

Direitos exclusivos de publicação em língua portuguesa somente para o Brasil adquiridos pela
EDITORA RECORD LTDA.
Rua Argentina, 171 - Rio de Janeiro, RJ - 20921-380 - Tel.: (21) 2585-2000,
que se reserva a propriedade literária desta tradução.

Impresso no Brasil
ISBN 978-65-5981-106-9

Seja um leitor preferencial Record
Cadastre-se e receba informações sobre nossos
lançamentos e nossas promoções.

Atendimento e venda direta ao leitor
sac@record.com.br

Para Stephanie e Craig. Toquem aqui.

Um recado para meu fandom

Tantas coisas incríveis aconteceram nos últimos anos, todas graças a cada um dos meus leitores. De início, o conto "Em busca de Cinderela" foi publicado gratuitamente na internet, como forma de agradecer a todos que transformaram minha vida no que ela é hoje.

Nunca poderia prever a reação que ele recebeu. O retorno foi uma coisa, mas o fato de vocês todos terem se unido e implorado por uma versão impressa era algo pelo qual nunca esperei. Lá estavam vocês, com um e-book gratuito nas mãos. Já tinham lido a história, mas ainda assim queriam uma cópia em papel para decorar a prateleira. Este é o maior elogio que uma escritora pode receber: saber que suas palavras significam tanto para os leitores.

Depois de meses de súplicas, nunca estive tão animada com o lançamento de um livro quanto estive com este aqui. Porque ele não está nas prateleiras por minha causa. Está nas prateleiras por causa de *vocês*.

Dedico esta obra a todos os meus fãs incrivelmente loucos, por seu apoio sem fim e sem limites. Amo todos vocês!

EM BUSCA DE CINDERELA

Minha história de Cinderela

Há dois anos, eu morava num trailer com meu marido e nossos três filhos, e meu trabalho pagava 9 dólares por hora. Estava contente com o que tinha, mas não era exatamente a vida que imaginara para minha família nem para mim mesma.

Eu sonhava em ser escritora desde pequena, mas passei trinta e um anos dando desculpas para não fazer isso:

"Não tenho tempo livre."

"Não escrevo tão bem."

"Nunca vão publicar o que eu escrever."

"Estou ocupada demais escrevendo desculpas para escrever um romance."

Na verdade, eu só não estava indo atrás do meu sonho por achar que sonhos não passavam disso... de *sonhos*. Eram intangíveis. Irreais. Infantis.

Sempre fui realista, nunca achava que o copo estava meio vazio *ou* meio cheio. Sou o tipo de pessoa que fica agradecida por simplesmente ter um copo. Era exatamente assim que eu enxergava minha vida há dois anos. Nunca me permiti sentir ingratidão ou querer mais do que tinha.

Meu marido e eu viemos de famílias humildes e fizemos o nosso melhor para pagar as contas e conseguir financiar nossos estudos universitários. Peguei empréstimos estudantis, e nós dois trabalhávamos em tempo integral, alternando os dias de folga para não termos que pagar creche. Eu me formei em serviço social na Texas A&M University — Commerce em dezembro de 2005, dois meses antes do nascimento do nosso terceiro filho.

Após alguns anos nos mudando de uma casa alugada para outra, enquanto trabalhava como assistente social, meus pais nos ajudaram a comprar um trailer de pouco mais de 90m² com três quartos e dois banheiros. Eu me sentia abençoada por ter três filhos saudáveis, um marido maravilhoso que me apoiava, além de um teto sobre nossas cabeças.

Por mais que eu estivesse feliz, sentia que faltava algo. Aquele sonho de infância de escrever um livro não parava de ressurgir, e eu continuava o ignorando com mais desculpas.

Então, em outubro de 2011, quando vi um dos meus próprios filhos indo em busca de um dos seus sonhos, comecei a considerar a ideia de que talvez os sonhos fossem, sim, algo tangível.

Meu filho do meio, com 8 anos na época, queria fazer um teste para o teatro local. Fiquei felicíssima com sua coragem, mas, quando ele realmente conseguiu o papel, fui obrigada a enfrentar a realidade. Eu nunca seria capaz de trabalhar onze horas por dia e levá-lo aos ensaios durante cinco noites na semana. Meu marido trabalhava como motorista de caminhão em tempo integral na época e só passava alguns dias por mês em casa, então eu era basicamente uma mãe solo. No entanto, a felicidade dos meus filhos sempre foi minha prioridade, e eu não ia desapontar um deles. Tive a ajuda de uma amiga que o deixava no meu trabalho depois da escola para que pudéssemos ir aos ensaios dele enquanto minha mãe cuidava dos meus outros dois filhos.

Nos dois meses seguintes, passei três horas na plateia todas as noites assistindo aos ensaios. Ficava vendo meu filho no palco e me enchia de orgulho ao vê-lo seguir sua paixão ainda tão novo. Aqueles momentos me fizeram pensar nas minhas próprias paixões de infância e em como eu sonhava em me tornar escritora. Quando era mais nova, eu escrevia durante todo momento livre que tinha, em qualquer superfície que encontrasse. Minha mãe lia entusiasmada as histórias do "Mystery Bob" ("Bob Misterioso"), que eu escrevia com giz de cera em folhas de papel grampeadas. Continuei escrevendo por lazer durante o ensino médio e até comecei a estudar jornalismo no meu primeiro ano na universidade. No entanto, depois que me casei com minha paixão de colégio e tive nosso primeiro filho aos 20 anos, meu sonho começou a esvaecer à medida que as responsabilidades da vida real passaram a falar mais alto. Por mais que eu quisesse ser escritora, parecia algo impossível. Em vez disso, fiquei dez anos duvidando de mim mesma, insegura, deixando uma responsabilidade após a outra servir de desculpa.

Enquanto estava sentada na plateia dos ensaios do meu filho, vi nele algo adormecido em mim havia muito tempo: *a paixão criativa*.

Por mais que tenha sido um momento extraordinário ver meu filho ir em busca do próprio sonho, aquilo também me acordou bruscamente. Eu estava fazendo um desserviço aos meus filhos ao dar o exemplo de que é aceitável se colocar em último lugar... deixar os próprios desejos em segundo plano ao cuidar de todas as outras pessoas. Naquela noite, prometi a mim mesma que recomeçaria a escrever, mesmo que fosse apenas por prazer. Após perceber isso, passei a me inspirar e me motivar com outras coisas.

Uma das maiores motivações que tive foi um show dos Avett Brothers ao qual assisti com minha irmã. Foi uma das melhores experiências da minha vida, não porque estávamos na primeira fila, mas por causa da música "Head Full of Doubt, Road Full of Promise" ("Mente cheia de dúvidas, caminho cheio de promessas"). Já havia escutado aquela música muitas vezes, mas nunca tinha captado o significado da letra até aquele momento.

"Decida o que quer ser, e simplesmente seja."

A frase era simples e direta, mas me marcou profundamente. As palavras continuaram se repetindo na minha cabeça por vários dias até que acabei compreendendo: se eu queria ser escritora, não existia nenhum motivo para que eu não pudesse "simplesmente ser". Peguei meu laptop durante um dos ensaios da peça e escrevi a primeira frase de *Métrica*:

"Kel e eu guardamos as duas últimas caixas no caminhão de mudança da U-Haul."

Foi a primeira frase do livro que mudaria minha vida.

Naquela época, eu estava escrevendo-o só para mim mesma, mas minha mãe sempre foi uma grande entusiasta dos meus textos. Afinal de contas, ela ainda guardava as fascinantes histórias de "Mystery Bob", que eu tinha escrito com giz de cera. Apesar de saber que sua opinião não seria imparcial, deixei que ela lesse o que eu havia acabado de escrever. Ela adorou, assim como qualquer boa mãe, e começou a me pentelhar querendo mais capítulos.

Além dela, deixei minha chefe e minhas duas irmãs lerem os primeiros capítulos, e elas também pediram mais. O fato de quererem que a história continuasse me inspirou a seguir em frente. Eu gostava tanto que escrevia sempre que tinha oportunidade. Colocava as crianças para dormir, escrevia até bem depois da meia-noite e na manhã seguinte tinha que estar no trabalho às sete. No fim de dezembro, eu havia perdido tantas horas de sono para escrever que já estava com um manuscrito completo. Também cuidava de três filhos, que, àquela altura, haviam se tornado grandes adeptos do micro-ondas.

Quando cheguei àquela última palavra, *Fim*, senti como se tivesse realizado o meu sonho de infância, mesmo sem ter um livro de verdade, uma editora ou mesmo leitores.

Após a notícia de que eu havia escrito um livro se espalhar, amigos e familiares começaram a me pedir para ler. Eu não tinha dinheiro para publicá-lo, então fiz uma pesquisa e descobri o programa Kindle Direct Publishing da Amazon. Depois de dias de mais pesquisas tentando aprender tudo o que podia sobre como fazer uma autopublicação, fiz o upload do meu livro no site da Amazon.

Eu não tinha nenhuma expectativa. Nem havia tentado publicar o livro da maneira tradicional, pois na minha cabeça eu já tinha realizado meu sonho de escrever o livro. Não achava que haveria chance alguma de pessoas que não me conheciam lerem aquilo.

Aconteceu o oposto. Centenas de pessoas, totalmente desconhecidas, começaram a baixar meu livro. Comecei a receber pedidos de continuação da história e, como gostei tanto de escrever o primeiro livro, fiquei muito animada em fazer uma sequência. Publiquei *Pausa* em fevereiro de 2012. Logo depois, passei a receber royalties pelos direitos autorais. As coisas estavam acontecendo tão rápido que me agarrei a cada momento, achando que tudo acabaria da noite para o dia. Como as vendas não eram garantidas, me recusei a aceitar a possibilidade de que os fatos poderiam melhorar dali em diante. Ficava esperando que o entusiasmo, as resenhas positivas e os pedidos de mais livros chegassem ao fim, pois aquilo tudo era bom demais para ser verdade.

Mas não chegaram ao fim. A cada dia surgiam novos leitores, até que os livros acabaram chegando à lista de mais vendidos do *New York Times*. As editoras perceberam o rápido sucesso dos dois livros e, após contratar um agente literário, aceitei uma oferta da Atria Books para publicá-los.

Minha vida ficou tão movimentada que precisei largar meu emprego e passar a escrever em tempo integral. Fiquei preocupada achando que talvez não fosse ganhar o suficiente para sustentar minha família, mas, com o lançamento do meu terceiro livro, *Um caso perdido (Hopeless)*, em dezembro de 2012, finalmente me convenci de que essa se tornara minha nova carreira. *Um caso perdido* chegou ao primeiro lugar da lista de mais vendidos do *New York Times*, foi o e-book autopublicado mais vendido de 2013 e o décimo sexto e-book mais vendido de 2013.

Nós nos mudamos do nosso trailer há menos de dez meses e agora moramos numa casa à beira de um lago que nunca pensamos que poderia ser nossa. Todas as manhãs acordo sem acreditar que essa é a nossa vida. Conseguimos pagar todas as nossas dívidas e começamos a juntar dinheiro para financiar as universidades dos nossos meninos. Também fizemos doações para várias instituições de caridade como forma de retribuir todos os acontecimentos incríveis pelos quais passamos.

Nos últimos dois anos, deixei de ser uma mãe que se recusava a acreditar que uma fantasia de infância poderia tornar-se realidade para me transformar em uma autora de cinco livros que estiveram na lista de mais vendidos do *New York Times*, um conto gratuito e mais dois romances que em breve serão publicados.

Cada um desses livros é uma prova tangível de que, se você tiver coragem para torná-los realidade, sonhos são bastante reais e alcançáveis. Tudo o que se precisa fazer é encontrar o que o inspira, que pode ser algo tão simples quanto uma letra de música ou o sorriso de uma criança no palco. E depois você terá de fazer um grande esforço que vai exigir valentia, que pode ser tão intimidador quanto se sentar na frente de uma página em branco na tela do computador, sem desistir antes de alcançar a linha de chegada.

Apesar de todas as experiências maravilhosas e conquistas que vieram depois, continuo considerando o meu momento de maior orgulho a primeira vez em que digitei a palavra *Fim*.

Pois aquele foi o meu começo.

Colleen Hoover, 2013

Prólogo

— Você fez uma tatuagem?

É a terceira vez que faço a mesma pergunta para Holder, mas ainda não consigo acreditar. Ele não é de fazer essas coisas. Especialmente se não fui eu que o incentivei.

— Caramba, Daniel — resmunga ele, do outro lado da linha.

— Para com isso. E também para de me perguntar o motivo.

— É que é estranho tatuar essa palavra. *Hopeless*. É algo bem depressivo. Mas estou impressionado mesmo assim.

— Tenho que ir. Ligo no final da semana.

Suspiro ao telefone.

— Isso é um saco, cara. Depois que você foi embora, a única coisa boa no colégio é o quinto tempo.

— O que tem no quinto tempo? — pergunta Holder.

— Nada. Eles se esqueceram de encaixar uma aula para mim, então passo uma hora escondido no armário dos zeladores todos os dias.

Holder ri. Percebo que é a primeira vez que escuto a risada dele desde que Les morreu, dois meses atrás. Talvez se mudar para Austin faça bem a ele.

O sinal toca. Seguro o telefone com o ombro, dobro o casaco e o jogo no chão do armário dos zeladores. Apago a luz.

— Depois nos falamos. Hora do cochilo.

— Até mais — diz Holder.

Encerro a ligação, programo o alarme para tocar em cinquenta minutos e coloco o telefone no balcão. Eu me abaixo e me deito no chão. Fecho os olhos e penso no quanto este ano está sendo péssimo. Odeio o fato de Holder estar passando por essas coisas sem que eu possa fazer nada para ajudá-lo. Nunca tive que lidar com a morte de alguma pessoa próxima, muito menos de alguém tão próximo quanto uma de minhas irmãs. Ainda por cima uma irmã *gêmea*.

Nem me arrisco a dar conselhos, mas acho que ele prefere isso. Acho que precisa apenas que eu continue me comportando normalmente, pois só Deus sabe o quanto todo mundo desse maldito colégio fica sem graça perto dele. Se as pessoas daqui não fossem tão idiotas, talvez ele não tivesse se mudado e as aulas não seriam tão ruins.

Mas são um saco. Todo mundo nesse colégio é um saco e eu odeio todos. Odeio todo mundo, exceto Holder, e é por causa deles que ele não está mais aqui.

Estico as pernas, cruzo os tornozelos e dobro o braço por cima dos olhos. Pelo menos tenho o quinto tempo.

O quinto tempo é legal.

* * *

Meus olhos se abrem bruscamente e solto um gemido ao sentir algo cair em cima de mim. Escuto o barulho da porta se fechando.

Que merda é essa?

Ponho as mãos em cima do que quer que tenha acabado de cair em mim e começo a rolar a coisa para o lado, mas minha mão encosta numa cabeça com cabelo macio.

É uma pessoa?

Uma garota?

Uma garota acabou de cair em cima de mim. No armário dos zeladores. E ela está chorando.

— Quem diabos é você? — pergunto com cuidado.

A garota, quem quer que seja ela, tenta me empurrar para longe, mas nós dois parecemos nos mover na mesma direção. Eu me levanto e tento rolá-la para o outro lado, mas acabamos batendo nossas cabeças.

— Merda.

Caio para trás no meu travesseiro improvisado e ponho a mão na testa.

— Desculpe — murmuro.

Nenhum de nós se mexe dessa vez. Consigo escutá-la fungando, se segurando para não chorar. Não consigo ver nada na minha frente porque a luz ainda está apagada, mas de repente percebo que não estou mais me importando com o fato de ela ainda estar em cima de mim porque seu cheiro é maravilhoso.

— Acho que estou perdida — diz ela. — Pensei que estava entrando no banheiro.

Balanço a cabeça, apesar de saber que ela não consegue enxergar o que estou fazendo.

— Aqui não é um banheiro. Mas por que está chorando? Você se machucou quando caiu?

Sinto o corpo dela inteiro suspirar em cima de mim e, apesar de eu não fazer ideia de quem ela é nem de sua aparência, dá para sentir sua tristeza, o que também me deixa um pouco triste. Não sei direito como acontece, mas meus braços a cercam e ela encosta a bochecha no meu peito. Em apenas cinco segundos passamos de uma situação extremamente constrangedora para uma agradável, como se fizéssemos isso o tempo inteiro.

É estranho, normal, sensual, triste e diferente, e não quero soltá-la. Existe algo de empolgante nisso, como se estivéssemos numa espécie de conto de fadas. Como se ela fosse a Sininho e eu, o Peter Pan.

Não, espera aí. Não quero ser o Peter Pan.

Talvez ela possa ser a Cinderela, e eu, o Príncipe Encantado.

É, gosto mais dessa opção. A Cinderela é gostosa mesmo pobre, suada e se matando de trabalhar na frente do fogão. Também fica bem bonita com o vestido de baile. Além disso, nos conhecemos num armário cheio de vassouras. Bem adequado.

Sinto que ela está levando a mão até o rosto, muito provavelmente para enxugar uma lágrima.

— Odeio eles — afirma, baixinho.

— Quem?

— Todo mundo. Odeio todo mundo.

Fecho os olhos, ergo a mão e a passo pelo cabelo dela, fazendo o que posso para consolá-la. *Finalmente alguém que entende isso.* Não sei por que ela odeia todo mundo, mas tenho a impressão de que seu motivo é válido.

— Também odeio todo mundo, Cinderela.

Ela ri baixinho, talvez por não ter entendido por que a chamei de Cinderela. Pelo menos riu e não está mais chorando. A sua risada é contagiante, e tento pensar em alguma coisa que a faça rir mais uma vez. Estou tentando pensar em algo engraçado para dizer quando ela afasta a cabeça do meu peito e eu a sinto se aproximar mais de mim. Antes que eu possa perceber, sinto seus lábios tocarem os meus e fico sem saber se devo empurrá-la ou rolar para cima dela. Começo a erguer as mãos na direção de seu rosto, mas ela se afasta com a mesma rapidez com que me beijou.

— Desculpe — diz. — Tenho que ir. — Ela põe as palmas das mãos no chão e começa a se levantar, mas agarro o seu rosto e a puxo de volta para perto de mim.

— Não — digo.

Puxo sua boca para perto da minha e a beijo. Mantenho nossos lábios pressionados com firmeza enquanto aproximo o corpo dela e coloco sua cabeça deitada no meu casaco. Seu hálito tem cheiro de balas de frutas, o que me dá vontade de continuar beijando-a até conseguir identificar todos os sabores.

A mão dela encosta no meu braço e o aperta com força no instante em que minha língua entra na sua boca. Sinto gosto de morango na ponta da sua língua.

Ela mantém a mão no meu braço, movendo-a de vez em quando para a minha nuca, e logo em seguida voltando para o braço. Continuo com a mão em sua cintura e não toco nenhuma outra parte de seu corpo. A única parte que exploramos é a boca um do outro. Nós nos beijamos e não há som algum fora o do nosso beijo. Ficamos nos beijando até o alarme do meu telefone tocar. Apesar do barulho, não interrompemos o beijo. Nem hesitamos. Continuamos nos beijando por mais um minuto inteiro, até o sinal soar no corredor lá fora e os alunos começarem repentinamente a bater as portas de seus armários e a conversar, e todo o nosso momento juntos é roubado por todos os fatores externos e inconvenientes do colégio.

Paro de movimentar meus lábios, mas os mantenho encostados nos dela, e depois me afasto devagar.

— Tenho que ir para a aula — sussurra ela.

Balanço a cabeça, apesar de ela não conseguir me enxergar.

— Eu também — respondo.

A garota começa a sair de debaixo de mim. Após me virar para ficar de costas, sinto-a se aproximar. Sua boca encontra mais uma vez a minha bem depressa e, em seguida, ela se afasta e se levanta. No instante em que abre a porta, a luz do corredor inunda o armário e eu aperto os olhos, jogando o braço por cima do rosto.

Escuto a porta se fechar quando ela sai e, depois de me ajustar à claridade, a luz desaparece mais uma vez.

Suspiro pesadamente. Continuo no chão até me recuperar da forma como meu corpo reagiu a ela. Não sei quem diabos essa garota é nem por que veio parar aqui, mas espero mesmo que ela volte.

Preciso de muito mais disso.

* * *

Ela não apareceu no dia seguinte. Nem no dia depois desse. Na verdade, hoje faz uma semana que a garota literalmente caiu nos meus braços, e eu me convenci de que talvez aquilo tudo não tenha passado de um sonho. Fiquei vendo filmes de zumbis com Bolota durante boa parte da noite anterior, mas, mesmo tendo dormido apenas duas horas, sei que não teria sido capaz de imaginar aquilo. Minha imaginação não é tão divertida assim.

Quer ela volte ou não, continuo sem ter aula no quinto tempo e, enquanto ninguém reclamar, vou continuar me escondendo aqui. Na noite passada acabei dormindo muito, então não estou cansado. No instante em que pego o celular para enviar uma mensagem a Holder, a porta do armário começa a se abrir.

Escuto-a sussurrar:

— Você está aí, menino?

Meu coração começa a bater acelerado no mesmo momento, e não tenho certeza se é porque ela voltou ou porque a luz está acesa, mas não sei se quero ver o seu rosto quando a porta se abrir.

— Estou aqui — digo.

A porta mal se abriu. Ela põe a mão para dentro do armário e tateia a parede até encontrar o interruptor e o desligar. A porta se abre, ela entra no armário e fecha a porta depressa.

— Posso me esconder aqui com você? — pergunta ela.

Sua voz está um pouco diferente daquela da última vez. Parece mais feliz.

— Hoje você não está chorando — digo.

Sinto-a se aproximar de mim. Ela encosta na minha perna e percebe que estou sentado no balcão, então tateia a área ao meu redor até encontrar um lugar vazio. Ergue-se e se senta ao meu lado.

— Hoje não estou triste — diz ela, dessa vez sua voz bem mais perto de mim.

— Que bom. — Ficamos em silêncio por vários segundos, mas acaba sendo legal.

Não sei por que a garota voltou nem por que demorou uma semana, mas fico feliz por ela estar aqui.

— Por que você estava aqui dentro semana passada? — pergunta ela. — E por que está aqui agora?

— Estou com um buraco no horário. Não encaixaram nenhuma aula para mim no quinto tempo, então fico escondido, na esperança de que ninguém da administração perceba.

Ela ri.

— Que esperto.

— Pois é.

Ficamos em silêncio de novo por cerca de um minuto. Nossas mãos estão segurando a beirada do balcão e, toda vez que ela balança as pernas, seus dedos encostam de leve nos meus. Depois de um tempo, eu acabo pegando sua mão e a colocando no meu colo. Parece estranho agarrar a mão dela desse jeito, mas na semana passada nós dois passamos uns quinze minutos nos agarrando, então, na verdade, segurar a mão dela é recuar um passo.

Ela entrelaça os dedos nos meus e nossas palmas se encontram. Em seguida, dobro os dedos por cima dos dela.

— Isso é gostoso — afirma. — Nunca tinha segurado a mão de ninguém.

Fico paralisado.

Quantos anos essa garota tem, afinal?

— Você não está no ensino fundamental, está?

Ela ri.

— Meu Deus, não. É só que nunca segurei a mão de ninguém. Os garotos com quem fiquei parecem se esquecer de fazer isso. Mas é legal. Gostei.

— Pois é — concordo. — É legal.

— Espera — pede ela. — Você não está no ensino fundamental, está?

— Não. Ainda não — digo.

A garota balança a perna para o lado e me dá um chute, em seguida nós dois rimos.

— Isso é meio estranho, não é? — pergunta.

— Seja mais específica. Muitas coisas podem ser consideradas estranhas, então não sei do que está falando.

Percebo que ela dá de ombros.

26

— Não sei. Isso aqui. A gente. A gente se beijar, conversar e ficar de mãos dadas sem nem saber como somos fisicamente.

— Eu sou muito gato — afirmo.

Ela ri.

— Estou falando sério. Se me visse agora, você ficaria de joelhos, imploraria para ser minha namorada e ficaria me exibindo pelo colégio inteiro.

— Muito improvável — afirma. — Eu não namoro ninguém. Namorar é uma coisa superestimada.

— Se você não fica de mãos dadas com ninguém nem namora, o que é que você faz?

Ela suspira.

— Praticamente todo o resto. Tenho a maior fama, sabe. Na verdade, é possível que a gente já tenha até transado, só não percebemos isso ainda.

— Impossível. Você se lembraria de mim.

A garota dá outra risada e, por mais que eu esteja me divertindo em sua companhia, seu riso me dá vontade de arrastá-la até o chão junto comigo e beijá-la sem parar.

— Você é mesmo um gato? — pergunta ela, ceticamente.

— Muito gato.

— Deixa eu adivinhar. Cabelo escuro, olhos castanhos, abdômen superdefinido, dentes brancos, estilo Abercrombie & Fitch.

— Quase — digo. — Cabelo castanho-claro, acertou os olhos, o abdômen e os dentes, mas prefiro o estilo American Eagle Outfitters.

— Impressionante — comenta.

— Minha vez. Cabelo louro e volumoso, grandes olhos azuis, um vestidinho branco e charmoso com um chapéu combinando, pele azul e meio metro de altura.

Ela ri bem alto.

— Você tem fetiche pela Smurfette?

— Não custa sonhar.

Ela ainda está rindo, e o som da sua risada faz o meu coração doer. Dói porque o que mais quero é saber quem é essa garota, mas tenho noção de que, depois que eu descobrir, provavelmente não vou mais querer ficar em sua companhia tanto quanto quero agora.

Ela inspira depois de parar de rir e o armário fica silencioso. Tão silencioso que é quase constrangedor.

— Não vou vir aqui de novo depois de hoje — confessa, baixinho.

Aperto a mão dela, surpreso com a tristeza que sinto com essa confissão.

— Vou me mudar. Não agora, mas em breve. No verão. Só acho que seria bobagem voltar aqui, pois vamos acabar acendendo a luz ou então nos distraindo e dizendo nossos nomes, e acho que prefiro não saber quem você é.

Passo o polegar por sua mão.

— Então por que veio aqui hoje?

Ela suspira com suavidade.

— Queria agradecer a você.

Dou uma risada baixinha.

— Pelo quê? Por beijá-la? Foi só isso que eu fiz.

— É — diz em tom neutro. — Isso mesmo. Por ter me beijado. Por só ter me beijado. Sabe há quanto tempo um garoto não me beija e só? Depois que fui embora na semana passada, tentei lembrar, mas não consegui. Toda vez que um garoto me beija, ele sempre está com tanta pressa para chegar ao que vem depois dos beijos que acho que ninguém nunca tinha me dado um beijo de verdade, sincero.

28

Balanço a cabeça.

— Isso é muito triste — digo. — Mas não fique pensando tão bem assim de mim. Sou bastante conhecido por querer passar logo dessa parte também. Só que semana passada não tive nenhuma pressa, porque você beija bem demais.

— Pois é — responde ela, confiante. — Eu sei. Imagina como deve ser fazer amor comigo.

Engulo em seco.

— Vai por mim, já imaginei. Estou imaginando isso há sete dias.

A perna dela para de se balançar ao meu lado. Não sei se a deixei constrangida com esse comentário.

— Sabe o que mais é triste? — pergunta ela. — Ninguém nunca fez amor comigo.

Essa conversa está tomando um rumo estranho. Já dá para perceber.

— Você é nova. Tem muito tempo pra isso. Ser virgem é algo que dá tesão, então não precisa se preocupar.

Ela ri, mas dessa vez é uma risada triste.

Estranho como eu já consigo distinguir as diferentes risadas dela.

— Não sou nada virgem — explica ela. — É por isso que é triste. Tenho bastante experiência com sexo, mas quando olho pra trás... nunca amei nenhum dos garotos. E nenhum deles me amou. Às vezes me pergunto se transar com alguém que amamos é mesmo diferente. Se é melhor.

Penso na pergunta e percebo que não sei responder. Também nunca amei ninguém.

— Boa pergunta — reconheço — É meio triste, parece que nós dois já transamos, várias vezes, pelo jeito, mas não amamos nenhuma das pessoas com quem fizemos isso. Diz muito sobre quem somos, não acha?

— Pois é — responde ela, baixinho. — Diz muito mesmo. É uma triste verdade.

Ficamos em silêncio por um tempo e continuamos de mãos dadas. Não consigo parar de pensar que ninguém nunca segurou a mão dela. Fico me perguntando se cheguei a segurar a mão das garotas com quem transei. Não que tenham sido milhares, mas foi o suficiente para que eu devesse me lembrar de segurar a mão de pelo menos uma delas.

— Talvez eu seja um desses garotos — admito, envergonhado. — Não sei se alguma vez já segurei a mão de uma garota.

— Você está segurando a minha.

Faço que sim com a cabeça lentamente.

— Estou mesmo.

Mais alguns segundos de silêncio se passam antes que ela volte a falar.

— E se eu sair daqui a quarenta e cinco minutos e nunca mais segurar a mão de ninguém? E se eu continuar a viver como estou vivendo agora? E se os garotos continuarem a não me dar valor e eu não fizer nada para mudar isso e transar várias vezes, mas sem saber o que é fazer amor?

— É só não fazer isso. Encontre um garoto legal, fique só com ele e faça amor todas as noites.

Ela solta um gemido.

— Isso me deixa apavorada. Por mais que eu tenha curiosidade para saber a diferença entre fazer amor e transar... a minha opinião sobre namoros torna impossível eu descobrir isso.

Fico pensando no seu comentário por um tempo. É estranho, pois ela meio que parece uma versão feminina de mim. Não sei se sou tão contra namoros quanto ela, mas é bem verdade que nunca disse para uma garota que a amava, e espero que leve bastante tempo até que isso aconteça.

— Não vai mesmo voltar mais aqui? — pergunto.

— Não vou mesmo voltar aqui — confirma ela.

Solto sua mão, me impulsiono com as palmas da mão e salto do balcão. Mudo de posição, paro na frente dela e ponho as mãos ao lado de seu corpo.

— Vamos resolver o nosso dilema logo.

Ela inclina-se para trás.

— Que dilema?

Movo as mãos e as coloco nos quadris dela, aproximando-a de mim.

— Temos quarenta e cinco minutos para resolver isso. Tenho certeza de que consigo fazer amor com você em quarenta e cinco minutos. Podemos ver como é e se vale a pena assumir um namoro no futuro. Assim, quando você sair daqui, não vai mais precisar se preocupar em não saber como é fazer amor.

Ela ri de nervoso e se inclina na minha direção mais uma vez.

— Como dá para fazer amor com alguém por quem não se está apaixonado?

Eu me inclino para a frente até minha boca ficar perto da sua orelha.

— Nós fingimos.

Escuto-a arfar. Ela vira o rosto um pouco na direção do meu e sinto seus lábios roçarem na minha bochecha.

— E se nós dois formos péssimos atores? — sussurra.

Fecho os olhos, pois quase não consigo assimilar que talvez eu vá fazer amor com essa garota em questão de minutos.

31

— Você devia fazer um teste de atuação pra eu avaliar — diz ela. — Se me convencer, talvez eu aceite essa sua ideia maluca.

— Fechado.

Dou um passo para trás, tiro a camisa e a jogo no chão. Pego o casaco no balcão e o desdobro, depois o jogo no chão também. Eu me viro de volta para o balcão e a levanto. Ela se segura em mim, enterrando a cabeça em meu pescoço.

— Onde está sua camisa? — pergunta ela, passando as mãos pelo meu ombro.

Eu a deito no chão e me acomodo ao seu lado, aproximando-a de mim.

— Você está deitada nela — respondo.

— Ah. Que gentil da sua parte.

Levo a mão até a sua bochecha.

— É o que as pessoas fazem quando estão apaixonadas.

Sinto o sorriso dela.

— E nós estamos muito apaixonados?

— Completamente — digo.

— Por quê? Por que me ama tanto?

— Por causa da sua risada — respondo na mesma hora, sem saber ao certo se estou inventando ou não. — Amo o seu senso de humor. Também amo a maneira como você coloca o cabelo para trás da orelha enquanto está lendo. E amo o fato de você odiar falar ao telefone quase tanto quanto eu. Amo muito os bilhetinhos que você deixa pra mim, com sua letra linda. E amo o fato de você gostar tanto do meu cachorro, porque ele adora você. Também amo tomar banho com você. Nossos banhos são sempre divertidos.

Deslizo a mão de sua bochecha até a nuca. Aproximo minha boca e encosto meus lábios nos dela.

32

— Uau — diz, encostada na minha boca. — Você é muito convincente.

Sorrio e me afasto.

— Não saia do personagem — brinco. — Agora é sua vez. O que você ama em mim?

— Amo muito o seu cachorro. Ele é um cachorro maravilhoso. Também amo quando você abre as portas pra mim, embora eu devesse preferir abri-las sozinha. Amo o fato de você não fingir que gosta de filmes antigos em preto e branco como todo mundo, pois eles me deixam entediada pra cacete. Também amo quando estou na sua casa e você rouba beijos toda vez que seus pais se viram para o outro lado. Mas o que mais gosto é quando pego você no flagra olhando para mim. Adoro quando você não desvia o olhar e simplesmente continua me encarando, como se não sentisse vergonha de não conseguir parar de olhar para mim. É tudo o que quer fazer na vida, porque acha que sou a coisa mais incrível que você já viu. Amo o quanto você me ama.

— Você tem toda a razão — sussurro. — Amo ficar olhando para você.

Beijo sua boca e depois vou beijando sua bochecha e sua mandíbula. Pressiono os lábios na sua orelha e, apesar de eu saber que estamos fingindo, minha boca fica seca quando penso nas palavras que meus lábios estão prestes a dizer. Hesito, quase desistindo. Só que uma parte ainda maior de mim quer mesmo dizer. Uma parte enorme de mim gostaria que eu estivesse sendo sincero, e uma pequena parte acha que eu seria realmente capaz de dizer isso com sinceridade.

Passo as mãos pelo cabelo dela.

— Eu amo você — sussurro.

33

Ela inspira fundo. Meu coração está martelando no peito, e estou em silêncio, esperando a reação dela. Não faço ideia do que vai acontecer em seguida. Mas, pensando bem, ela também não.

Ela tira as mãos dos meus ombros e as leva lentamente até meu pescoço. Inclina a cabeça até sua boca encostar na minha orelha.

— Amo você mais ainda — sussurra ela.

Sinto o sorriso em seus lábios e me pergunto se nos meus lábios também há um sorriso. Não sei por que de repente comecei a curtir tanto isso, mas é assim que me sinto.

— Você é tão linda — murmuro, movendo meus lábios para mais perto da sua boca. — Tão, tão linda. E todos esses caras que não deram valor a você são os maiores idiotas.

Ela diminui o espaço entre nossas bocas e eu a beijo, mas dessa vez nosso beijo parece muito mais íntimo. Por um breve instante, acredito de verdade que amo todas essas coisas nela e que ela realmente ama todas essas coisas em mim. Estamos nos beijando, nos tocando e tirando as roupas que ainda restam com tanta pressa que parece que estamos com tempo contado.

E acho que tecnicamente estamos mesmo.

Tiro a carteira do bolso da calça, pego uma camisinha e depois volto a me acomodar em cima dela.

— Ainda dá tempo de você mudar de ideia — sussurro, torcendo para que ela não mude.

— Você também.

Eu rio.

Ela ri.

Em seguida, ficamos quietos e passamos o resto da hora provando exatamente o quanto nos amamos.

* * *

Agora estou de joelhos, reunindo nossas roupas em silêncio. Após vestir minha camisa, eu a puxo para cima e a ajudo a vestir a blusa. Eu me levanto, coloco a calça e a ajudo a se levantar. Apoio o queixo no topo da cabeça dela e a aproximo de mim, percebendo que nos encaixamos perfeitamente.

— Eu bem poderia acender a luz antes de você ir embora — digo. — Não está curiosa para ver o rosto do garoto pelo qual está tão apaixonada?

Ela ri, balançando a cabeça que está apoiada no meu peito.

— Isso estragaria tudo. — Suas palavras saem abafadas por causa da minha camisa, então ela afasta a cabeça do meu peito e inclina o rosto na direção do meu. — Não vamos estragar isso. Se descobrirmos quem somos, vamos acabar encontrando alguma coisa de que não gostamos no outro. Talvez *muitas* coisas. Agora está tudo perfeito. Podemos guardar essa lembrança perfeita do momento em que amamos alguém.

Eu dou outro beijo nela, mas não muito demorado, pois o sinal toca. Ela não solta minha cintura. Pressiona a cabeça em meu peito novamente e me aperta com mais força.

— Preciso ir — diz.

Fecho os olhos e balanço a cabeça, concordando.

— Eu sei.

Fico surpreso com o quanto não quero que ela vá, porque sei que nunca mais vou vê-la de novo. Quase imploro para ela ficar, mas também sei que ela tem razão. Tudo só parece perfeito porque estamos fingindo que é perfeito.

Ela começa a se afastar de mim, então levo as mãos até as bochechas dela uma última vez.

— Amo você, linda. Fique me esperando no final da aula, está bem? No nosso lugar de sempre.

— Você sabe que vou estar lá — diz ela. — Eu também amo você. — Ela fica na ponta dos pés e pressiona seus lábios nos meus com força, desespero e tristeza.

Ela se afasta e vai até a saída. Assim que começa a abri-la, eu a alcanço depressa e fecho a porta com uma das mãos. Pressiono o peito nas suas costas e levo a boca até sua orelha.

— Queria que isso pudesse ser verdade — sussurro.

Coloco a mão na maçaneta para girá-la, em seguida viro a cabeça enquanto ela sai.

Suspiro e passo as mãos pelo cabelo. Acho que preciso de alguns minutos até conseguir sair daqui. Não sei se já quero esquecer o cheiro dela. Na verdade, fico parado no escuro, me esforçando o máximo possível para guardar tudo sobre essa garota na minha memória, pois sei que esse é o único lugar em que vou encontrá-la novamente.

Capítulo Um

Um ano depois

— **M**eu Deus! — digo, frustrado. — Fique calma. —
Ligo o carro assim que Val entra e bate a porta
com raiva, sentando-se no banco.

Logo em seguida, a quantidade avassaladora de perfume
que ela colocou começa a me sufocar. Abro a janela, mas só um
pouco para que ela não pense que a estou insultando. Ela sabe o
quanto eu não gosto de perfume e que gosto menos ainda quando
as garotas parecem tomar banho com ele, mas pelo jeito ela não
se importa com a minha opinião, pois continua se encharcando
com um litro todas as vezes que saímos.

— Você é tão imaturo, Daniel — murmura ela, virando o visor
para baixo, e depois tira o batom da bolsa e começa a retocá-lo.
— Estou começando a me perguntar se *um dia* vai mudar.

Mudar?

O que diabos ela quis dizer com isso?

— Por que eu mudaria? — pergunto, inclinando a cabeça
com curiosidade.

Ela suspira, guarda o batom na bolsa, encosta os lábios um no
outro e se vira para mim.

— Então está mesmo contente com o seu comportamento? O quê?

Com o meu comportamento? Ela está mesmo falando do meu comportamento? A garota que eu vi xingar garçonetes por algo tão bobo como colocar gelo demais no copo está realmente comentando sobre o meu comportamento?

Há meses que vínhamos acabando e reatando nosso namoro, e eu não fazia ideia de que ela estava esperando que eu mudasse. Esperando que me tornasse alguém que não sou.

Pensando bem... sempre reato o namoro com ela na esperança de que mude. Que passe a ser *gentil*, pelo menos. Na verdade, as pessoas são como são e nunca vão mudar muito. Então por que diabos Val e eu estamos perdendo tempo com esse namoro desgastante se um não gosta de quem o outro é?

— Pois é, foi o que achei — diz ela, de um jeito convencido, presumindo incorretamente que fiquei em silêncio por concordar que não estou feliz com meu comportamento.

Na verdade, o meu silêncio foi o momento de percepção do qual estava precisando desde que a conheci.

Ficamos quietos até chegarmos à entrada da garagem da casa dela. Deixo o carro ligado, indicando que não estou planejando entrar essa noite.

— Você vai embora? — pergunta.

Faço que sim com a cabeça e fico olhando pela janela do motorista. Não quero olhá-la, porque, afinal, sou um garoto e Val é gostosa e sei que se eu olhar para ela o meu momento de percepção sobre o nosso namoro vai ficar enevoado, e vou acabar entrando na casa dela e fazendo as pazes na sua cama, como sempre acontece.

— Não é você que devia estar com raiva, Daniel. Você se comportou de uma maneira ridícula esta noite. E ainda por cima na frente dos meus pais! Como quer que eles aprovem nosso namoro se fica agindo assim?

Preciso inspirar lenta e calmamente para não erguer a voz como ela está fazendo.

— De que jeito estou me comportando, Val? Porque eu estava apenas sendo eu mesmo no jantar de hoje, assim como sou eu mesmo durante todos os minutos do dia.

— Exatamente! Existe a hora certa e o lugar certo para seus apelidos ridículos e brincadeiras imaturas. Sendo que um jantar com meus pais não é a hora certa nem o lugar certo!

Frustrado, esfrego as mãos no rosto e depois me viro para olhá-la.

— Eu sou assim — digo, apontando para mim mesmo. — Se não gosta de quem sou, então temos problemas sérios, Val. Não vou mudar e, para ser sincero, também não seria justo pedir que você mude. Nunca pediria para você fingir ser algo que não é, e é exatamente isso que está me pedindo agora. Não vou mudar, eu *nunca* vou mudar e adoraria se você desse o fora do meu carro agora, porque a porra do seu perfume está me deixando enjoado.

Ela aperta os olhos, tira a bolsa do painel e a puxa para si.

— Ah, que legal, Daniel. Falando mal do meu perfume só para se vingar de mim. É exatamente isso que estou dizendo. Você é a epítome da imaturidade. — Ela abre a porta do carro e solta o cinto.

— Bem, pelo menos não estou pedindo que você mude de perfume — digo, em tom de deboche.

Val balança a cabeça.

— Não aguento mais isso — retruca ela, saindo do carro. — A gente já era, Daniel. E dessa vez não tem volta.

— Graças a Deus — digo, bem alto para que ela me escute.

39

Val bate a porta e vai para dentro de casa. Abaixo o vidro da janela do carona tentando fazer com que o perfume saia do carro e dou ré.

Cadê aquele maldito do Holder? Se eu não puder reclamar dela com alguém, vou acabar gritando.

***

Entro pela janela de Sky e ela está sentada no chão, vendo algumas fotos. Ergue o olhar e sorri enquanto entro no quarto.

— Oi, Daniel — cumprimenta ela.

— Oi, Peitinho de Queijo — digo ao me deitar na cama. — Cadê aquele seu namorado?

Ela aponta a cabeça na direção da porta do quarto.

— Eles estão na cozinha pegando sorvete. Quer um pouco?

— Não. Estou arrasado demais para comer.

Ela ri.

— Val está tendo um dia ruim?

— Val está tendo uma vida ruim — corrijo. — E hoje finalmente percebi que não quero fazer parte dela.

Sky ergue a sobrancelha.

— É mesmo? Dessa vez parece sério.

Dou de ombros.

— Terminamos faz uma hora. E quem são *eles*?

Ela olha para mim, confusa, então explico a pergunta:

— Você disse que *eles* estavam na cozinha pegando sorvete. Quem são *eles*?

No instante em que Sky abre a boca para me responder, a porta do quarto se escancara e Holder aparece com duas tigelas de sorvete na

40

mão. Uma garota vem atrás dele, segurando sua própria tigela, com uma colher na boca. Ela tira a colher dos lábios e chuta a porta do quarto com o pé. Em seguida, se vira para a cama e para ao me ver.

A garota me parece vagamente familiar, mas não sei de onde a conheço. O que é estranho, pois é bem bonita e sinto como se eu devesse saber o nome dela ou lembrar onde foi que a vi.

Ela se aproxima da cama e se senta na extremidade oposta, me observando o tempo todo. Pega um pouco de sorvete com a colher e a leva até a boca.

Não consigo parar de encarar aquela colher. Acho que amo aquela colher.

— O que está fazendo aqui? — pergunta Holder.

Com certa tristeza, desvio o olhar da Garota do Sorvete e observo Holder se sentar no chão ao lado de Sky e pegar algumas fotos.

— Nós terminamos, Holder — digo, esticando as pernas para a frente. — De vez. Ela é louca, porra.

— Mas achei que era por isso que você a amava — diz ele, em tom de deboche.

Reviro os olhos.

— Obrigado pela parte que me toca, Dr. Merdalhão.

Sky tira uma das fotos das mãos de Holder.

— Acho que dessa vez ele está falando sério — diz ela para Holder. — Val é passado.

Sky tenta parecer triste por mim, mas sei que está aliviada. A Val nunca combinou muito com eles dois. Mas, se eu parar pra pensar, ela também nunca combinou muito comigo.

Holder olha para mim com curiosidade.

— Acabou mesmo? Sério? — Ele parece estranhamente impressionado.

— Sim, acabou mesmo.

— Quem é Val? — pergunta a Garota do Sorvete. — Ou, melhor ainda, quem é você?

— Ah, foi mal — interrompe Sky. Ela aponta para a Garota do Sorvete e para mim repetidas vezes. — Six, esse é Daniel, o melhor amigo de Dean. Daniel, essa é minha melhor amiga, Six.

Nunca vou me acostumar a escutar Sky chamando-o de Dean, mas essa apresentação serve como desculpa para eu olhar para aquela colher mais uma vez. Six a tira da boca e a aponta para mim.

— Prazer em conhecê-lo, Daniel.

Que merda eu posso fazer para roubar essa colher antes de ela ir embora?

— Por que seu nome me parece familiar? — pergunto para ela.

— Não sei. Talvez porque seis é um número bem familiar? Ou é isso ou então você ouviu falar que sou a maior vagaba.

Dou uma risada. Não sei por que faço isso, pois na verdade o comentário dela não foi engraçado. Foi até um pouco perturbador.

— Não, não é isso — digo, ainda confuso por não saber por que o nome dela me é tão familiar. Acho que Sky nunca falou dela para mim antes.

— Foi aquela festa no ano passado — diz Holder, me obrigando a olhar para ele novamente. Tenho quase certeza de que reviro os olhos, mas não foi minha intenção. É que prefiro mil vezes ficar olhando para ela do que para Holder. — Lembra? Foi na semana que voltei de Austin, alguns dias antes de conhecer Sky. Você se lembra da noite em que Grayson o encheu de porrada porque você disse que tinha tirado a virgindade de Sky?

— Ah, tá falando da noite em que você me tirou de cima desse garoto antes que eu pudesse quebrar a cara dele? — Ainda fico irritado só de pensar nisso. Eu teria mesmo acabado com ele se Holder não tivesse me impedido.

— Isso — confirma Holder. — Naquela noite Jaxon falou alguma coisa sobre Sky e Six, mas na época eu não sabia quem elas eram. Acho que foi nessa hora que você ouviu o nome dela.

— Pera aí, pera aí, pera aí — diz Sky, balançando as mãos e olhando para mim como se eu fosse maluco. — Como assim Grayson o encheu de porrada porque você disse que tinha tirado minha *virgindade*? Que porra é essa, Daniel?

Holder põe a mão nas costas de Sky para tranquilizá-la.

— Está tudo bem, linda. Ele disse isso só para irritar Grayson, porque eu estava quase dando uma surra nele pela maneira como ele estava falando de você.

Sky balança a cabeça, ainda confusa.

— Mas você nem me conhecia. Você disse que isso foi alguns dias antes de me conhecer, então por que ficou com raiva por Grayson estar falando mal de mim?

Também fico encarando Holder, esperando uma resposta. Naquele momento não pensei nisso, mas é mesmo estranho ele ter ficado puto com os comentários de Grayson se nem conhecia Sky ainda.

— Não gostei do modo como ele falava de você — justifica Holder, aproximando-se para dar um beijo na cabeça de Sky. — Fiquei pensando que ele devia fazer os mesmos comentários sobre Les e isso me deixou furioso.

Merda. Lógico que ele pensaria isso. Agora queria mesmo que ele tivesse me deixado encher Grayson de porrada naquela noite.

— Que meigo, Holder — comenta Six. — Você a estava protegendo antes mesmo de conhecê-la.

Holder ri.

— Ih, você não sabe nem metade da história, Six.

Sky ergue o olhar, e os dois sorriem um para o outro, quase como se estivessem escondendo alguma espécie de segredo. Em seguida, voltam a prestar atenção nas fotos no chão.

— O que são essas fotos? — pergunto.

— São para o livro do ano — diz Six, respondendo à pergunta. Ela deixa a tigela de sorvete de lado, coloca os pés em cima da cama e senta-se com as pernas cruzadas. — Pelo visto, precisamos mandar fotos de quando éramos pequenos para entrar na página do último ano, então Sky está vendo as fotos que Karen deu para ela.

— Você estuda no mesmo colégio que a gente? — pergunto, me referindo ao fato de ela ter se incluído na explicação.

Sei que estudamos num colégio imenso, mas tenho a impressão de que me lembraria dela, especialmente se é a melhor amiga de Sky.

— Não, estudei no ano passado. Mas vou voltar na segunda — responde ela, como se não estivesse nem um pouco animada com isso.

Mas não consigo evitar um sorriso com a resposta dela. Vê-la com mais frequência não me incomodaria em nada.

— Então isso significa que vai se juntar à nossa aliança do almoço? — Eu me inclino para a frente, pego a tigela de sorvete que ela não acabou de tomar e tomo um pouco.

Ela fica me observando fechar os lábios ao redor da colher e tirá-la de dentro da boca. Torce o nariz, encarando a colher.

— Eu podia muito bem ter herpes, sabia?

Sorrio para ela e dou uma piscadela.

— Você conseguiu fazer até herpes parecer algo bom.

Ela ri, mas de repente Holder agarra a tigela das minhas mãos e me puxa para longe da cama. Meus pés encostam no chão e ele me empurra na direção da janela.

— Vá para casa, Daniel. — Ele solta minha camisa enquanto se abaixa para se sentar ao lado de Sky.

— O que foi, porra? — grito.

Sério mesmo. *O que foi*, porra?

— Ela é a melhor amiga de Sky — diz ele, apontando na direção de Six. — Você não pode dar em cima dela. Se por acaso não der certo, vai ficar uma situação constrangedora e não quero nada disso. Agora vá embora e só volte quando puder ficar perto dela sem ter nenhum desses pensamentos pervertidos que sei que estão passando pela sua cabeça agora.

Pela primeira vez na vida, não sei o que dizer. Talvez eu devesse fazer que sim com a cabeça e concordar com ele, mas o imbecil acabou de cometer o maior erro de todos.

— Porra, Holder — digo, gemendo, passando as palmas das mãos pelo rosto. — Por que fez essa merda? Agora você me proibiu de ficar com ela, cara. — Começo a sair pela janela. Depois de passar para o lado de fora, enfio a cabeça dentro do quarto e olho para ele. — Você devia ter dito que era para eu sair com ela, assim é bem provável que eu não fosse me interessar. Mas você resolveu mesmo me proibir de ficar com a garota, não é?

— Nossa, Daniel — diz Six, sem entusiasmo algum. — Bom saber que você me considera um ser humano e não um desafio. — Ela olha para Holder ao se levantar da cama. — E não sabia que eu tinha um quinto irmão superprotetor — comenta ela, indo para a janela. — Vejo vocês mais tarde. E de todo jeito é melhor eu dar uma olhada nas minhas fotos até segunda.

Holder olha para mim enquanto me afasto para deixar Six sair pela janela. Ele não diz nada, mas o olhar que lança na minha direção é uma advertência para que eu fique completamente longe dela. Levanto as mãos na defensiva e fecho a janela depois que Six sai. Ela anda alguns metros até a casa vizinha e começa a entrar pela janela.

— Você sempre usa janelas como atalho ou por acaso mora aí? — pergunto, seguindo na sua direção.

Após entrar, ela se vira e põe a cabeça para fora.

— Essa é a *minha* janela — afirma ela. — E nem pense em tentar entrar aqui. Essa janela está fechada para balanço há quase um ano e não tenho intenção alguma de reabri-la

Ela põe o cabelo louro na altura do ombro atrás das orelhas e dou um passo para trás, esperando que um pouco de distância seja capaz de fazer meu coração parar de esmurrar meu peito. No entanto, agora que Holder fez a idiotice de me proibir de ficar com ela, tudo que quero é descobrir uma maneira de reabrir essa janela.

— Você tem mesmo quatro irmãos mais velhos?

Ela faz que sim com a cabeça. Odeio que ela tenha quatro irmãos mais velhos, mas só porque são quatro razões a mais para eu não ficar com essa garota. Juntando isso à proibição de Holder, agora não vou mais conseguir tirá-la da cabeça.

Valeu, Holder. Valeu mesmo.

Ela apoia o queixo nas mãos e fica me encarando. Está escuro do lado de fora, mas o luar está iluminando bem o rosto dela, fazendo-a parecer uma porra de um anjo. Não sei nem se posso usar as palavras porra e anjo na mesma frase, mas merda. Ela parece mesmo a porra de um anjo com esse cabelo louro e olhos grandes. Não sei nem de que cor são seus olhos porque está escuro e não prestei atenção quando estávamos no quarto de Sky. Mas a cor deles, qualquer que seja, acabou de se tornar minha cor preferida.

— Você é muito carismático — diz ela.

Meu Deus. A voz dela acaba de vez comigo.

46

— Valeu. Você também é bem bonitinha.

Ela ri.

— Não disse que você é bonitinho, Daniel. Eu disse que você é carismático. São coisas diferentes.

— Nem tanto. Gosta de italiano?

Ela franze a testa e recua alguns centímetros como se eu a tivesse insultado.

— Por que está me perguntando isso?

A reação dela me deixa confuso. Não faço ideia de como meu comentário pode ter sido ofensivo.

— Hum... ninguém nunca convidou você para sair?

Sua testa volta ao normal e ela se inclina para a frente de novo.

— Ah. Você quer dizer comida italiana. Na verdade estou meio enjoada de comida italiana. Acabei de voltar de um intercâmbio de sete meses na Itália. Se está me convidando para sair, prefiro sushi.

— Nunca comi sushi — admito, tentando assimilar o fato de que tenho certeza de que ela acabou de concordar em sair comigo.

— Quando?

Isso foi fácil demais. Esperava que ela fosse dar uma de difícil e me fazer implorar como a Val sempre faz. Amo o fato de ela não estar fazendo joguinhos. É direta e já estou gostando disso.

— Hoje não dá — digo. — Meu coração foi completamente partido uma hora atrás por uma vaca psicótica e preciso de um tempinho para me recuperar. Que tal amanhã à noite?

— Amanhã é domingo.

— Você tem algum problema com domingo?

Ela ri.

— Não, acho que não. Só me parece estranho marcar um primeiro encontro num domingo. Mas me pegue aqui às dezenove, então.

47

— Encontro você na porta da frente — digo. — E é melhor não contar pra Sky aonde vai, a não ser que queira me ver levando uma surra.

— Contar o quê? — pergunta ela, sarcasticamente. — Até parece que vamos sair juntos numa noite aleatória de domingo ou coisa parecida.

Sorrio e me afasto, voltando devagar para o meu carro.

— Foi um prazer conhecê-la, Six.

Ela põe a mão na janela para fechá-la.

— Igualmente. Eu acho.

Dou uma risada e me viro na direção do meu carro. Estou quase alcançando a porta quando a escuto chamar meu nome. Eu me viro e vejo que ela está com a cabeça para fora da janela.

— Sinto muito pelo seu coração partido — sussurra ela, bem alto. Depois volta para dentro do quarto e a janela se fecha.

Que coração partido? Tenho certeza de que é a primeira vez que meu coração sentiu algum alívio desde o instante em que comecei a sair com Val.

Capítulo Dois

— Estou bem assim? — pergunto para Bolota ao chegar à cozinha.

Ela se vira, olha para mim dos pés à cabeça e dá de ombros.

— Acho que sim. Aonde você vai?

Dou um passo para a frente de um dos espelhos que ficam no corredor e dou mais uma conferida no cabelo.

— Vou sair com uma garota.

Ela geme e se vira para a mesa na sua frente.

— Você nunca se importou com sua aparência antes. Acho bom não pedir essa garota em casamento. Eu me divorcio dessa família antes que você me obrigue a tratá-la como uma irmã.

Minha mãe passa por mim e dá um tapinha no meu ombro.

— Você está ótimo, querido. Mas eu não iria com esses sapatos.

Olho para eles.

— Por quê? O que tem de errado com eles?

Ela abre o armário, pega uma panela e se vira para mim. Lança um olhar para os meus sapatos mais uma vez.

— São chamativos demais. — Ela se vira e vai até o fogão. — Nenhum sapato devia ser fluorescente.

— Eles são amarelos, e não fluorescentes.

— Isso é amarelo *fluorescente* — afirma Bolota.

49

— Não estou dizendo que são feios — diz minha mãe. — É que conheço a Val, e é bem provável que ela vá odiar esses sapatos.

Vou até o balcão da cozinha, pego minhas chaves e guardo o celular no bolso.

— Não dou a mínima para o que a Val pensa.

Minha mãe vira-se e olha para mim, curiosa.

— Bem, se está perguntando para a sua irmã de 13 anos se está bonito antes de sair, acho que se importa, *sim*, com o que ela pensa.

— Não vou sair com a Val. Terminei com ela. Hoje vou sair com outra garota.

Bolota ergue os braços no ar e olha para o céu.

— Graças a Deus! — exclama ela.

Minha mãe ri e balança a cabeça.

— Isso mesmo. Graças a Deus — diz ela, aliviada.

Depois se vira de volta para o fogão, e não consigo parar de olhar para as duas.

— O quê? Nenhuma de vocês gostava da Val? — Sei que Val é uma vaca, mas minha família parecia gostar dela. Especialmente minha mãe. Na verdade achei que minha mãe fosse ficar chateada com o fim do namoro.

— Odeio a Val — diz Bolota.

— Nossa, eu também — acrescenta minha mãe.

— Eu também — concorda meu pai, passando por mim.

Nenhum deles está olhando para mim, mas os três responderam como se já tivessem conversado sobre o assunto.

— Quer dizer que todos vocês odiavam a Val?

Meu pai se vira para mim.

— Sua mãe e eu somos mestres em psicologia reversa, Danny-boy. Não devia ficar tão surpreso assim.

Bolota ergue a mão na direção do meu pai.

50

— Eu também, pai. Eu também usei psicologia reversa com ele.

Meu pai estende o braço e dá um high five nela.

— Muito bem, Bolota.

Eu me encosto no batente da porta e fico olhando para eles.

— Vocês estavam apenas fingindo que gostavam da Val? Por que diabos fizeram isso?

Meu pai se senta à mesa e pega um jornal.

— Os filhos sempre tendem a fazer escolhas que desagradam aos pais. Se contássemos para você o que realmente achávamos da Val, o mais provável era que você acabasse se casando com ela só para nos irritar. E foi por isso que a gente fingiu que adorava ela.

Sacanas. Os três.

— Vocês nunca mais vão conhecer minhas namoradas.

Meu pai ri, mas não parece desapontado.

— Quem é ela? — pergunta Bolota. — Finalmente é uma garota que você está se esforçando para impressionar.

— Não é da sua conta — respondo. — Agora que sei como essa família funciona, nunca vou deixá-la chegar perto de nenhum de vocês.

Eu me viro na direção da porta e minha mãe me chama.

— Bem, se isso ajuda, Daniel, a gente já adora essa menina! Ela é um amor!

— E muito bonita — diz meu pai. — Essa é pra casar!

Balanço a cabeça.

— Vocês não prestam.

* * *

— Está atrasado — diz Six ao aparecer na porta.

Ela sai de casa virada de costas para mim, enfiando a chave na fechadura.

— Não quer que eu conheça seus pais? — pergunto, querendo saber por que ela precisa trancar a porta se ainda está tão cedo.

Ela se vira para mim.

— Eles são velhos. Jantaram dez horas atrás e foram dormir às sete.

Azuis. Os olhos dela são azuis.

Puta merda, que garota linda. Seu cabelo é mais claro do que pensei quando a vi ontem à noite no quarto de Sky. A pele é impecável. É como se ela fosse a mesma garota de ontem, mas em alta definição. E eu tinha razão. Ela parece mesmo uma porra de um anjo.

Six sai do caminho e fecho a porta de tela, ainda sem conseguir desviar o olhar dela.

— Na verdade, cheguei cedo — digo, finalmente respondendo ao primeiro comentário que ela fez. — Holder estava deixando Sky em casa e juro que eles demoraram meia hora para se despedir. Tive que esperar até a barra ficar limpa.

Ela põe a chave de casa no bolso de trás da calça e balança a cabeça.

— Pronto?

Olho-a dos pés à cabeça.

— Esqueceu sua bolsa? — Ela nega com a cabeça.

— Não. Odeio bolsas. — Ela dá um tapinha no bolso de trás.

— Só preciso da chave de casa. Não me dei ao trabalho de trazer dinheiro porque foi você que me convidou. Vai pagar, não é?

Nossa.

Calma aí.

52

Vamos examinar esses últimos trinta segundos, certo?

Ela odeia bolsas. O que significa que não trouxe maquiagem. O que quer dizer que não vai ficar retocando essas merdas como a Val fazia. Também significa que não está escondendo um litro de perfume em algum lugar do corpo. Mas também significa que ela não está planejando se oferecer para pagar sua parte do jantar, o que me parece um pouco antiquado, mas por alguma razão gosto disso.

— Amo o fato de você não usar bolsa.

— Também amo o fato de você não usar bolsa — diz ela, rindo.

— Eu uso, sim. Está no meu carro — digo, voltando a cabeça na direção dele.

Ela dá outra risada e vai para os degraus da varanda. Faço a mesma coisa, mas vejo Sky em pé dentro do quarto com a janela toda aberta. Imediatamente, seguro nos ombros de Six e a puxo até nós dois estarmos encostados na porta da casa.

— Dá pra ver a janela de Sky da frente da casa. Assim ela vai nos ver.

Six olha para mim.

— Você está mesmo levando a sério essa história de não poder sair comigo.

— Eu *preciso* levar a sério — sussurro. — Holder não brinca quando me proíbe de sair com alguém.

Ela ergue a sobrancelha demonstrando curiosidade.

— E Holder costuma mesmo dizer com quem você pode ou não sair?

— Não. Na verdade, você é a primeira garota com quem ele faz isso.

Ela ri.

— Então como sabe que ele vai ficar com raiva?

Dou de ombros.

— Na verdade, não sei. Mas parece divertido esconder isso dele. Não acha um pouco empolgante esconder isso de Sky?

— É — concorda ela, dando de ombros. — Acho que sim.

Ainda estamos encostados na porta e, por alguma razão, continuamos sussurrando. Até parece que Sky conseguiria nos escutar de lá, mas sussurrar deixa a situação mais divertida. E gosto muito do som da voz de Six quando ela sussurra.

— O que sugere que a gente faça para sair dessa situação, Six?

— Bem — diz ela, pensando na minha pergunta por um instante. — Normalmente, quando estou num encontro arriscado, secreto e clandestino e preciso escapar da minha casa sem ser notada, eu me pergunto: o que MacGyver faria?

Meu Deus, essa garota acabou de mencionar MacGyver?
Caraca.

Desvio o olhar por tempo suficiente para disfarçar que estou achando que acabei de me apaixonar por ela e também para pensar na nossa rota de fuga. Olho para o balanço na varanda e volto a olhar para Six após ter certeza de que o sorriso bobo desapareceu do meu rosto.

— Acho que MacGyver pegaria o balanço da sua varanda e construiria um campo de força com grama e fósforos. Depois colaria um motor de avião nele próprio e sairia voando daqui sem ninguém perceber. Infelizmente não tenho nenhum fósforo aqui comigo.

Six acha graça.

-— Hummm — diz ela, apertando os olhos como se estivesse elaborando um plano brilhante. — Que inconveniência mais infeliz. — Ela olha para o meu carro estacionado na entrada da casa e depois para mim. — Podíamos ir engatinhando até o seu carro, assim ela não vai nos ver.

E seria um plano brilhante se não envolvesse deixar uma garota suja. Nos meus seis meses de idas e vindas com Val, aprendi que garotas não gostam de se sujar.

— Você vai sujar as mãos de terra. Acho que não vão deixar você entrar num restaurante japonês chique com as calças e as mãos sujas.

Ela olha para a calça jeans e depois para mim.

— Podemos ir então para uma churrascaria ótima que conheço. O chão é coberto de cascas de amendoim. Uma vez vi um cara muito gordo comendo lá dentro e ele estava até sem camisa.

Sorrio para Six no mesmo instante em que me apaixono ainda mais por ela.

— Parece perfeito.

Ficamos de quatro e saímos engatinhando da varanda. Ela está rindo e sua risada me faz rir também.

— Shh — sussurro ao chegarmos ao último degrau. Engatinhamos com pressa pelo jardim, olhando para a casa de Sky a cada poucos metros. Assim que alcançamos o carro, estico a mão para a maçaneta da porta. — Vá para o lado do carona — digo para Six. — É menos provável que ela veja você de lá.

Abro a porta para ela, que vai para o banco do carona. Depois que ela já está dentro do carro, é a minha vez de entrar e deslizar para o meu lugar. Nós dois estamos agachados, o que é meio inútil, se pararmos para pensar. Se Sky olhar pela janela do quarto, verá meu carro estacionado na frente da casa de Six. Não faz diferença se ela vir nossas cabeças ou não.

Six limpa a terra das mãos na calça jeans, o que me dá o maior tesão. Ela vira a cabeça para mim, e eu continuo encarando a terra espalhada pela coxa da sua calça. De alguma maneira, consigo desviar o olhar e encará-la.

— Da próxima vez que vier pra cá, vai ter que esconder seu carro — diz ela. — Isso foi muito arriscado.

Gosto um pouco demais do comentário dela.

— Já está confiante achando que vai ter uma próxima vez? — pergunto, sorrindo com malícia para ela. — Nosso encontro mal começou.

— Bem lembrado — diz ela, dando de ombros. — Talvez no fim da noite eu esteja odiando você.

— Ou talvez eu esteja odiando você.

— Impossível. — Ela põe os pés no painel. — Sou *inodiável*.

— *Inodiável* nem é uma palavra de verdade.

Ela olha por cima do ombro para o banco de trás e depois se vira para a frente franzindo a testa.

— Por que está cheirando como se tivesse passado um harém de vadias por aqui? — Ela tapa o nariz com a camisa para evitar o cheiro.

— Ainda está com cheiro de perfume? — Eu nem sinto mais.

O cheiro provavelmente se infiltrou nos meus poros, me deixando imune.

Ela faz que sim com a cabeça.

— É insuportável — afirma ela, com a voz abafada pela camisa. — Abaixe o vidro. — Faz um barulho fingindo que está cuspindo, como se estivesse tentando tirar o gosto da boca, o que me faz rir.

Ligo o carro, engato a ré e começo a sair da entrada da casa dela.

— O vento vai bagunçar seu cabelo se eu abaixar o vidro. Você não trouxe bolsa, o que significa que não trouxe uma escova, então não vai ter como pentear o cabelo quando chegarmos ao restaurante.

Ela estende o braço e aperta o botão para abaixar o vidro da janela.

—Já estou suja e prefiro ficar com o cabelo bagunçado do que fedendo a um harém — diz ela, abaixando o vidro completamente e gesticulando para que eu faça o mesmo, então abaixo o meu.

Ponho o carro em drive e piso no pedal. O carro se enche imediatamente de vento e ar fresco, e o cabelo dela começa a esvoaçar em todas as direções, mas ela relaxa no banco. — Bem melhor — comenta, sorrindo para mim.

Depois fecha os olhos ao inspirar fundo o ar fresco.

Tento prestar atenção na rua, mas ela está dificultando muito isso.

***

—Como seus irmãos se chamam? — pergunto para ela. — Eles também têm nomes de números?

—Zachary, Michael, Aaron e Evan. Sou dez anos mais nova que o mais novo.

—Você foi um acidente?

Ela faz que sim com a cabeça.

—O melhor tipo de acidente. Minha mãe tinha 42 anos quando me teve, mas meus pais ficaram animados por ser uma menina.

—Fico feliz por você ter nascido menina.

Ela ri.

—Eu também.

—Por que seu nome é Six se você foi a quinta a nascer?

—Meu nome não é Six. Meu nome completo é Seven Marie Jacobs, mas fiquei com raiva dos meus pais porque nos mudamos para o Texas quando eu tinha 14 anos, então comecei a me apresentar como Six só para irritá-los. Eles não se importaram muito, mas eu era teimosa e não quis ceder de jeito nenhum. Hoje em dia todo mundo me chama de Six, menos eles.

Amo o fato de ela ter dado um apelido para si mesma. Essa garota faz mesmo o meu tipo.

— Mas a pergunta ainda é válida — digo. — Por que eles escolheram o nome *Seven* se você foi a quinta a nascer?

— Por nenhum motivo. Meu pai gostava do número sete e pronto.

Balanço a cabeça e dou uma garfada, observando-a atentamente. Estou esperando aquele momento. O momento que sempre acaba acontecendo com as garotas, quando o pedestal em que você as colocou no início é chutado para longe. Costuma ser quando elas começam a falar de ex-namorados ou de quantos filhos querem ter ou quando fazem algo bem irritante, como passar batom no meio do jantar.

Estou esperando pacientemente os defeitos de Six virem à tona, mas até agora não vi nenhum. Tudo bem que só interagimos por três ou quatro horas no total, então talvez os defeitos dela só estejam mais bem escondidos do que os das outras pessoas.

— Então você é o filho do meio? — pergunta ela. — Você sofre da síndrome do filho do meio?

Nego com a cabeça.

— Provavelmente tanto quanto você sofre da síndrome da quinta filha. Além disso, Hannah é quatro anos mais velha que eu e Bolota é cinco mais nova, então as idades são bem espaçadas.

Ela engasga com a bebida ao dar risada.

— Bolota? Você chama sua irmã mais nova de Bolota?

— Todos nós a chamamos de Bolota. Ela foi uma bebê gordinha.

Six ri.

— Você dá apelidos pra todo mundo — comenta. — Você chama Sky de *Peitinho de Queijo*. Chama Holder de *Hopeless*. Como vai me chamar quando eu não estiver por perto?

— Quando escolho um apelido pra alguém, faço isso na frente da pessoa. E ainda não encontrei nenhum pra você. — Eu me recosto e me pergunto por que não dei um apelido para ela ainda. Normalmente escolho com bastante rapidez.

— É uma coisa ruim eu ainda não ter ganhado um apelido? Dou de ombros.

— Na verdade, não. Só estou tentando entendê-la. Você é um pouco contraditória.

Ela ergue a sobrancelha.

— Sou contraditória? De que maneira?

— De todas as maneiras. Você é bonita pra cacete, mas não dá a mínima pra sua aparência. Parece ser boazinha, mas tenho a impressão de que é o equilíbrio perfeito entre bondade e maldade. Você parece ser muito tranquila, como se não fosse o tipo de garota que faz joguinhos, mas gosta de flertar. E não estou julgando ninguém com o comentário que estou prestes a fazer, mas já ouvi falar da sua reputação, e ainda assim você não parece ser o tipo de menina que precisa da atenção de um garoto para aumentar a autoestima.

Ela está com uma expressão angustiada enquanto assimila tudo que acabei de dizer. Então pega o copo e dá um gole sem desviar o olhar de mim. Quando acaba de beber, mantém o copo encostado nos lábios, pensativa. Depois de um tempo, o coloca de volta na mesa e olha para o prato, erguendo o garfo.

— Não sou mais assim — diz ela, baixinho, evitando meu olhar.

— Assim como? — Odeio a tristeza que surgiu na voz dela.

Por que eu sempre tenho que falar besteiras?

— Não sou mais como antes.

Isso aí, Daniel. Seu imbecil.

— Bem, eu não a conhecia antes, então tudo que posso fazer é julgar a garota que está sentada na minha frente nesse momento. E até agora ela está me parecendo uma menina bem legal.

O sorriso reaparece nos lábios dela.

— Que bom — diz, olhando para mim novamente. — Não sabia como eu ia me sair, porque é a primeira vez que tenho um encontro.

Dou uma risada.

— Não precisa dizer isso para inflar meu ego — digo. — Consigo aceitar que não sou o primeiro cara a demonstrar interesse por você.

— Estou falando sério — retruca ela. — Nunca tive um encontro de verdade antes. Os garotos costumam pular essa parte comigo e vão direto ao que querem.

Meu sorriso desaparece. Pela sua expressão, vejo que ela está falando sério mesmo. Eu me inclino para a frente e a encaro.

— Esses caras eram uns merdas.

Ela ri, mas eu não.

— Estou falando sério, Six. Todos esses caras precisam de um belo chute no saco, pois o que você tem de melhor é o seu papo.

Quando digo a frase, o sorriso desaparece de seu rosto. Six olha para mim como se ninguém nunca a tivesse elogiado. Fico furioso com isso.

— Como sabe que é isso que tenho de melhor? — pergunta ela, voltando a encontrar de alguma maneira aquele tom de voz provocante e sedutor. — Você ainda nem teve o prazer de me beijar. Tenho certeza de que isso é o que tenho de melhor, porque o meu beijo é fenomenal.

Meu Deus. Não sei se isso foi um convite, mas quero aceitar nesse segundo.

— Não tenho nenhuma dúvida de que receber um beijo seu seria fantástico, mas, se eu tiver que escolher, sempre vou preferir conversar com você a beijá-la.

Ela estreita os olhos.

— Mentira! — exclama, com um olhar desafiador. — Um garoto jamais ia preferir conversar a dar uns pegas.

Tento retribuir o olhar desafiador dela, mas seu argumento é bem sensato.

— Tudo bem — admito. — Talvez você tenha razão. Mas pra mim o ideal seria beijá-la durante nossa conversa. Assim aproveito as duas melhores coisas.

Ela balança a cabeça, impressionada.

— Você é muito bom nisso — diz, recostando-se na cadeira. Ela cruza os braços. — Onde aprendeu a dar em cima de uma garota tão bem?

Limpo a boca com o guardanapo e o coloco em cima do prato. Ergo os cotovelos até apoiá-los no encosto do assento e sorrio para ela.

— Isso não é dar em cima. É que sou carismático, só isso... não lembra?

Surge um sorriso em sua boca e Six balança a cabeça como se soubesse que está encrencada. Os olhos dela estão sorrindo e percebo que nunca tinha me sentido assim com uma garota. Não que eu tenha colocado na cabeça que estamos quase nos apaixonando, que somos almas gêmeas ou alguma merda desse tipo. Só estou dizendo que nunca fiquei perto de uma garota com a qual pudesse ser eu mesmo. Com Val, eu sempre fazia de tudo para não irritá-la. Com minhas outras namoradas, sempre percebia que estava me segurando para não dizer todas as bobagens que queria. Sempre achei que ser eu mesmo perto de uma garota não era necessariamente algo bom porque — e sou o primeiro a admitir isso — às vezes sou um pouco exagerado.

No entanto, com Six é diferente. Ela entende o meu senso de humor e minha personalidade, mas sinto até mesmo como se ela os estimulasse. Sinto que gosta mesmo do meu verdadeiro eu, e toda vez que ri ou abre um sorriso no momento perfeito acabo tendo vontade de bater meu punho no dela.

— Você está me encarando — diz Six, interrompendo meus pensamentos.

— Estou mesmo — digo, sem me dar ao trabalho de desviar o olhar.

Six me encara de volta, mas seu comportamento e sua expressão vão se tornando competitivos enquanto ela estreita os olhos e se inclina para a frente. Está me desafiando em silêncio para ver quem consegue encarar o outro por mais tempo.

— Não vale piscar — diz, confirmando meus pensamentos.

— Nem rir — acrescento.

Então começa. Ficamos nos encarando por tanto tempo que meus olhos começam a lacrimejar e minhas mãos, a segurar a mesa com mais força. Eu me esforço ao máximo para fitá-la nos olhos, mas quero encarar cada centímetro dela. Sua boca, aqueles lábios grossos e rosados e o cabelo louro e macio. Sem mencionar o sorriso. Eu podia passar o dia inteiro encarando aquele sorriso.

Na verdade, estou olhando para ele agora, e tenho certeza de que isso significa que perdi a brincadeira.

— Ganhei — diz ela, e logo depois toma mais um gole de água.

— Quero beijar você — digo com sinceridade.

Fico um pouco chocado por dizer isso, mas não muito. Não estou com muita paciência, quero muito dar um beijo nela e costumo dizer seja lá o que for que eu esteja pensando, então...

— Agora? — pergunta Six, olhando para mim como se eu fosse louco.

Ela põe o copo de volta na mesa.

Faço que sim com a cabeça.

— Isso. Agorinha. Quero beijar você durante a nossa conversa para aproveitar as duas coisas.

— Mas acabei de comer cebola — diz ela.

— Eu também.

Ela está movendo a mandíbula para a frente e para trás, pensando mesmo numa resposta.

— Tudo bem — diz ela, dando de ombros. — Por que não?

Assim que ela me dá permissão, olho para a mesa na nossa frente, me perguntando qual a melhor maneira de fazer isso. Eu poderia me sentar ao lado dela, mas talvez isso seja invadir muito o espaço pessoal. Estendo o braço para a frente, empurro meu copo para o lado e depois o dela.

— Venha aqui — digo, colocando as mãos em cima da mesa ao me inclinar em sua direção.

Six deve ter pensado que eu estava brincando, pela maneira como seus olhos investigam, nervosos, o restaurante, assimilando o fato de que nosso primeiro beijo será em público.

— Daniel, isso é constrangedor. Quer mesmo que nosso primeiro beijo seja no meio de um restaurante?

Faço que sim com a cabeça.

— E daí que é constrangedor? Depois podemos repetir. E as pessoas levam muito a sério esse negócio de primeiro beijo.

Hesitante, Six põe as palmas das mãos na mesa, ergue-se e se inclina na minha direção.

— Está bem — concorda ela, suspirando logo em seguida. — Mas seria tão melhor se você esperasse até o fim do encontro, depois de me acompanhar até a porta da minha casa. Estaria escuro e a gente ficaria bem nervoso e você acabaria esbarrando em mim por acidente. É assim que os primeiros beijos devem ser.

Dou risada com o comentário dela. Ainda não estamos perto o suficiente para nos beijar, mas não falta muito para chegarmos lá. Eu me inclino um pouco mais para a frente, mas o olhar dela desvia do meu e se foca na mesa atrás de mim.

— Daniel, tem uma mulher na mesa atrás de você trocando a fralda do bebê na mesa. Você está prestes a me beijar e a última coisa que vou ver antes de seus lábios encostarem nos meus vai ser uma mulher limpando a bunda do filho.

— Six. Olhe pra mim. — Ela volta a olhar para mim e finalmente ficamos perto o suficiente para que eu consiga alcançar sua boca. — Ignore a fralda. E ignore os dois homens sentados à nossa esquerda que estão tomando cerveja e nos observando como se eu estivesse prestes a deitar você na mesa.

Ela olha para a esquerda, então seguro seu queixo e a obrigo a prestar atenção em mim.

— Ignore tudo isso. Quero beijar você, quero que queira me beijar e não estou a fim de esperar até chegar à sua varanda, pois nunca senti tanta vontade de beijar alguém.

O olhar dela se volta para minha boca, e eu fico observando tudo ao nosso redor desaparecer do campo de visão dela. Six põe a língua para fora umedece os lábios antes de escondê-la mais uma vez. Passo a mão por seu queixo até sua nuca e a puxo para a frente até nossos lábios se encontrarem.

64

E, puta merda, eles se encontram mesmo. Nossas bocas se fundem como se já fossem apaixonadas uma pela outra e estivessem se encontrando pela primeira vez em anos. Minha barriga parece estar no meio de uma maldita rave, e meu cérebro está tentando lembrar como se faz isso. É como se eu de repente tivesse me esquecido como se beija alguém, apesar de fazer apenas um dia que terminei com a Val. Tenho quase certeza de que beijei a Val ontem, mas por alguma razão meu cérebro está reagindo como se tudo isso fosse novo e me mandando abrir os lábios ou brincar com a língua dela, mas os sinais simplesmente não estão chegando na minha boca. Ou então vai ver que minha boca está me ignorando por estar paralisada devido ao calor macio que está sendo pressionado contra ela.

Não sei o que está acontecendo, mas nunca fiquei com os lábios de uma garota entre os meus por tanto tempo sem respirar, me mexer nem prolongar o beijo até onde der.

Inspiro, apesar de não respirar há quase um minuto. Passo a segurar a cabeça dela com menos firmeza e vou afastando meus lábios lentamente. Abro os olhos e percebo que os dela ainda estão fechados. Seus lábios ainda não se moveram e ela está respirando de maneira silenciosa e superficial enquanto eu continuo parado próximo ao seu rosto, observando-a.

Não sei se Six estava esperando mais do beijo. Não sei se ela já tinha dado um selinho em alguém antes. Não sei o que está pensando, mas amo essa expressão do rosto dela nesse momento.

— Não abra os olhos — sussurro, ainda encarando-a. — Só me deixe olhar para você por mais uns dez segundos, porque você está incrivelmente bonita agora.

Six morde o lábio inferior querendo disfarçar o sorriso e não se mexe. Mantenho a mão na cabeça dela e fico contando em silêncio os dez segundos até escutar a garçonete parar ao lado da nossa mesa.

— Posso trazer a conta?

Ergo o dedo, pedindo que a garçonete espere um segundo. Bem, cinco segundos para ser mais exato. Six não mexe um único músculo, mesmo após escutar a garçonete. Conto o restante dos dez segundos ainda em silêncio, então Six abre os olhos e olha para mim.

Eu me afasto dela, deixando vários centímetros de distância entre nós. Continuo olhando-a bem nos olhos.

— Pode, por favor — respondo à garçonete.

Escuto-a rasgar a conta do bloco e colocá-la na mesa. Six sorri e então começa a rir. Ela se afasta de mim e se recosta no assento.

Respiro e sinto como se o ar fosse totalmente novo.

Eu me recosto devagar mais uma vez, observando-a enquanto ri. Six empurra a conta para mim.

— Isso é seu — afirma ela.

Ponho a mão no bolso, tiro a carteira e coloco o dinheiro em cima da conta. Eu me levanto e estendo o braço para segurar a mão de Six. Ela olha para minha mão, sorri e a segura. Depois que ela se levanta, passo o braço ao redor de seu ombro e a puxo para perto.

— Vai me dizer o quanto esse beijo foi incrível ou prefere ignorar isso?

Ela balança a cabeça e ri para mim.

— Aquilo não foi nem um beijo de verdade — diz ela. — Você nem ao menos tentou colocar a língua dentro da minha boca.

Empurro as portas para sairmos, mas dou um passo para o lado e a deixo sair primeiro.

— Não precisei enfiar a língua na sua boca. Meus beijos já são intensos demais. Na verdade não preciso fazer nada. Só me afastei

66

porque tinha certeza de que a gente estava prestes a vivenciar um momento clássico de Harry & Sally: Feitos um para o outro.

Six dá mais uma risada.

Nossa, eu amo o fato de ela me achar engraçado.

Abro a porta do carona, só que Six para antes de entrar no carro. Olha para mim.

— Você sabe que naquela cena clássica Sally está querendo provar o quanto é fácil para as mulheres fingirem orgasmos, não é?

Nossa, eu amo o fato de achá-la engraçada.

— Preciso levá-la para casa agora? — pergunto.

— Depende do que tem em mente.

— Não tenho nada em mente — admito. — Só não queria levá-la para casa ainda. Só acho que podíamos estacionar perto da minha casa. Tem um parquinho lá.

Ela sorri.

— Então vamos — diz, erguendo o punho fechado na frente do corpo.

Naturalmente, ergo meu punho e bato no dela, que entra no carro. Fecho a porta, perplexo por Six ter acabado de me cumprimentar com o punho.

A garota acabou de me cumprimentar com o punho e isso provavelmente foi a coisa mais sensual que já vi na vida.

Vou para o lado do motorista, abro a porta e me sento. Antes de ligar o carro, me viro para ela.

— Por acaso, você é um garoto?

Ela ergue a sobrancelha, puxa a gola da camisa e dá uma olhada no próprio peito.

— Não. Sou uma garota da cabeça aos pés.

— Está namorando alguém?

Ela balança a cabeça.

— Vai embora do país amanhã?

— Não — responde ela, com uma expressão nitidamente confusa diante das minhas inúmeras perguntas.

— Então o que está escondendo?

— Como assim?

— Todo mundo esconde alguma coisa, mas não estou conseguindo descobrir o seu segredo. Sabe, aquele único segredo que acaba mudando tudo. — Ligo o carro e começo a dar ré. — Quero saber agora mesmo qual é o seu. Meu coração não aguenta mais essas pequenas coisinhas que você faz que me enlouquecem completamente.

O sorriso dela muda. A sinceridade que havia nele se transforma em cautela.

— Todos temos nossos segredos, Daniel. Alguns de nós simplesmente esperam que eles fiquem escondidos para sempre.

Ela abaixa o vidro da janela e o barulho da rua nos impossibilita de continuar conversando. Tenho quase certeza de que o cheiro fortíssimo do perfume já era, então fico curioso para saber se dessa vez ela abaixou o vidro por estar precisando do barulho.

***

— Você traz todas as garotas com quem sai pra cá? — pergunta ela.

Fico pensando em sua pergunta por um instante antes de responder:

— Praticamente todas — digo, por fim, após pensar em silêncio nos términos de todos os meus encontros. — Uma vez saí com uma garota no segundo ano, mas tive que levá-la para casa no meio do encontro porque ela estava com algum vírus estomacal. Acho que foi a única que eu não trouxe pra cá.

Ela enfia os tornozelos na terra e para o balanço. Estou em pé atrás dela, então Six se vira e olha para mim.

— Sério? Você trouxe todas aqui, menos uma?

Dou de ombros. Depois balanço a cabeça.

— Trouxe. Mas nenhuma delas quis brincar. Normalmente a gente só ficava se agarrando mesmo.

Estamos aqui há meia hora e ela já me fez ficar observando-a se pendurar nas barras e empurrá-la no carrossel e, nos últimos dez minutos, fiquei empurrando-a no balanço. Mas não estou reclamando. É legal. Muito legal.

— Você já transou com alguém aqui? — pergunta ela.

Não sei muito bem como interpretar a franqueza dela. Nunca conheci alguém que faz as mesmas perguntas diretas que eu, então estou começando a me compadecer um pouco das pessoas que deixei em situações constrangedoras como essa agora. Dou uma olhada no parquinho até avistar o castelo de madeira. Aponto para ele.

— Está vendo o castelo?

Ela vira a cabeça na direção dele.

— Você transou lá dentro?

Abaixo o braço e enfio as mãos nos bolsos de trás da calça.

— Pois é.

Ela se levanta e começa a ir até lá.

— O que está fazendo? — pergunto para ela.

Não sei por que Six está indo para o castelo, mas tenho quase certeza de que não é porque ela é meio esquisita e quer transar no mesmo lugar em que transei com Val duas semanas atrás.

Ou será que quer?

Meu Deus, espero que não.

— Quero ver onde foi que você transou — diz ela com um tom de voz neutro. — Mostre pra mim.

Essa garota me deixa completamente confuso. O mais estranho é o quanto estou amando isso. Começo a correr até alcançá-la. Caminhamos para o castelo. Ela olha para mim, esperando, então aponto para a entrada.

— Bem aí — digo.

Ela vai até a entrada e dá uma olhada lá dentro. Investiga o local por cerca de um minuto e depois sai.

— Parece bem desconfortável — comenta.

— E foi mesmo.

Six acha graça.

— Se eu contar uma coisa, você promete que não vai me julgar?

Reviro os olhos.

— Julgar faz parte da natureza humana.

Ela inspira e depois solta o ar.

— Já transei com seis pessoas diferentes.

— Ao mesmo tempo? — pergunto.

Ela empurra meu braço.

— Pare. Estou tentando ser sincera com você. Tenho só 18 anos e perdi a virgindade com 16. Além disso, não transo com ninguém há um ano, mais ou menos, então se você fizer as contas foram seis pessoas em pouco mais de quinze meses. É praticamente uma pessoa diferente a cada dois meses e meio. Só piranhas fazem esse tipo de coisa.

— Por que não transa com ninguém há mais de um ano?

Ela revira os olhos e passa ao meu lado. Vou atrás dela. Six se senta no balanço. Eu me sento no balanço ao lado e viro o corpo para ficar diante dela, que está olhando para a frente.

70

— Por que não transa com ninguém há mais de um ano? — repito a pergunta. — Não conheceu ninguém interessante na Itália?

Não consigo ver seu rosto, mas pela linguagem corporal percebo que esse pode ser o seu segredo. Aquilo que vai mudar tudo para mim.

— Conheci um garoto na Itália — revela, baixinho. — Mas não quero falar sobre ele. E, sim, é por causa dele que não transo há mais de um ano. — Ela olha para mim. — Olhe, sei que todo mundo conhece minha reputação e não sei se foi por isso que você me trouxe pra cá nem o que está querendo que aconteça no fim desse encontro, mas não sou mais aquela garota.

Levanto as pernas até meu balanço ir para a frente.

— A única coisa que eu estava querendo que acontecesse no fim do encontro era um beijo na varanda da sua casa — digo. — E talvez que eu esbarrasse acidentalmente em você.

Ela não ri. De repente, começo a ficar puto por ter trazido a Six para cá.

— Six, eu não trouxe você aqui porque estava esperando alguma coisa. Sei que já trouxe outras garotas, mas só porque moro do outro lado da rua e venho muito aqui. E, sim, talvez fosse para ter um pouco de privacidade enquanto dava uns amassos, mas só porque muito provavelmente eu queria que elas calassem a boca, me beijassem e mais nada, pois estavam me irritando pra cacete. Mas você eu só trouxe porque não queria levá-la para casa ainda. E nem quero que a gente comece a se agarrar, porque estou gostando demais de conversar com você.

Fecho os olhos, desejando não ter dito tudo isso. Sei que garotas gostam de caras que fazem o papel de babaca desinteressado. Costumo fazer esse papel muito bem, mas não com Six. Talvez normalmente eu seja mesmo um babaca desinteressado, mas com ela eu não podia estar mais interessado, curioso e esperançoso.

— Qual dessas é a sua casa? — pergunta.

Aponto para o outro lado da rua.

— Aquela — digo, indicando a casa com a luz da sala acesa.

— É mesmo? — Ela parece interessada de verdade. — É a casa da sua família?

Faço que sim com a cabeça.

— É, mas você não vai conhecê-los. Eles são mentirosos e malvados e já avisei que nunca a levarei lá para conhecê-los.

Posso sentir Six se virar e olhar para mim.

— Você disse pra eles que nunca vai me levar lá pra conhecê-los? Então já falou de mim?

Olho-a nos olhos.

— Já. Talvez eu tenha falado de você.

Ela sorri.

— Qual é o seu quarto?

— A primeira janela do lado esquerdo da casa. O quarto de Bolota é a janela da direita. A que está com a luz acesa.

Ela levanta-se novamente.

— A sua janela está destrancada? Quero ver como é o seu quarto.

Nossa, como ela é intrometida.

— Não quero que veja meu quarto. Não me preparei. Está bagunçado.

Ela começa a atravessar a rua.

— Mas vou lá mesmo assim.

Inclino a cabeça para trás, solto um gemido e me levanto para segui-la.

— Você dá muito trabalho — digo ao alcançarmos minha janela. Ela pressiona as mãos no vidro e o levanta. A janela não

72

se mexe, então afasto Six para o lado e a abro. — Nunca entrei escondido no meu próprio quarto. Já saí dele escondido, mas nunca entrei.

Six começa a se erguer por cima do peitoril, então a seguro pela cintura para ajudá-la. Ela põe a perna por cima do peitoril e entra. Passo logo depois, vou até a cômoda e acendo o abajur. Dou uma olhada no quarto para o caso de encontrar alguma coisa que não quero que ela veja. Chuto uma cueca para debaixo da cama.

— Eu já tinha visto isso — sussurra. Six se aproxima da minha cama, pressiona as palmas no colchão e endireita a postura. Ela observa o quarto sem pressa, assimilando tudo a meu respeito. Parece estranho, como se eu estivesse exposto. — Gosto do seu quarto — diz.

— É só um quarto.

Ela discorda, balançando a cabeça.

— Não, é mais do que isso. É onde você mora. É onde você dorme. É onde você teve mais privacidade em toda a sua vida. É mais do que apenas um quarto.

— Não estou tendo muita privacidade agora — ressalto, observando enquanto ela passa a mão por todas as superfícies do meu quarto.

Six se vira, me olha e depois fica de frente para mim.

— Qual é o objeto nesse quarto que revela seu maior segredo? Dou uma risada baixinha.

— Não vou contar isso para você.

Ela inclina a cabeça.

— Eu tinha razão. Você tem segredos.

— Eu nunca disse que não tinha.

— Então me conte um — pede ela. — Só um.

73

Vou acabar contando todos se Six continuar me olhando desse jeito. Ela é tão maravilhosa. Me aproximo devagar, e Six engole em seco. Paro a vários centímetros e aponto com a cabeça na direção do colchão.

— Nunca beijei uma garota nessa cama — sussurro.

Ela olha para o colchão e depois para mim.

— Espero que não esteja achando que vou mesmo acreditar que você nunca beijou uma garota no seu quarto.

Eu rio.

— Não foi isso o que eu disse. Confessei que nunca beijei uma garota nessa cama específica. E estava sendo sincero, pois o colchão é novinho. Chegou semana passada.

Vejo o olhar dela mudar. E seu peito subir e descer. Six está gostando de estar tão perto e está gostando que eu esteja insinuando que quero beijá-la ali.

Olha para a cama mais uma vez.

— Está dizendo que quer me beijar nessa cama?

Eu me aproximo até meus lábios ficarem ao lado de sua orelha.

— Está dizendo que me deixaria fazer isso?

Ela inspira suavemente, e estou adorando que nós dois estejamos sentindo isso. Quero muito beijá-la na minha cama. Quero mais até do que queria essa cama. Cacete, nem me importo se vai ser na cama ou não. Só quero dar um beijo nela. Não importa onde. Vou beijá-la onde ela deixar.

O espaço que há entre nós desaparece após eu colocar as mãos em seus quadris e a puxar para perto de mim. As suas mãos vão rapidamente para meus antebraços e ela solta o ar, arfando. Afundo os dedos em seus quadris e encosto minha bochecha na dela. Minha boca ainda está roçando em sua orelha quando fecho os olhos, curtindo a sensação.

Amo seu cheiro. Amo sentir seu corpo. E, apesar de eu nem ter dado um beijo de verdade nela ainda, já sei que amo a maneira como Six beija.

— Daniel — sussurra ela. Meu nome esbarra no meu ombro após ela pronunciá-lo. — Pode me levar pra casa agora?

Eu me assusto com essas palavras e me pergunto no mesmo instante o que foi que fiz de errado. Fico imóvel por vários segundos, esperando que a sensação do corpo dela no meu não me deixe mais totalmente paralisado.

— Você não fez nada de errado — diz ela, acabando na mesma hora com a dúvida que surgia dentro de mim. — Só acho que eu devia ir pra casa.

A voz de Six soa baixa e meiga e de repente sinto ódio de todos os garotos do passado que não chegaram a conhecer esse lado dela.

Não a solto de imediato. Viro a cabeça um pouco até minha testa encostar na lateral da sua.

— Você o amava? — pergunto, deixando meu cérebro genial estragar completamente esse nosso momento.

— Quem?

— O cara da Itália. O que a magoou. Você o amava?

Six encosta a testa no meu ombro e o fato de ela não responder já é uma resposta, mas também é algo que faz muitas outras perguntas surgirem na minha cabeça. Quero perguntar se ela ainda o ama. Se ela ainda está com ele. Se eles ainda se falam.

Mas não digo nada, pois tenho a impressão de que Six não estaria aqui comigo agora se a resposta de alguma dessas perguntas fosse sim. Levo a mão até a sua nuca e pressiono os lábios em seu cabelo.

— Vou levá-la para casa — murmuro.

***

— Obrigada por pagar o jantar — diz ela ao chegarmos à porta de sua casa.

— Você nem me deu escolha. Saiu de casa sem nenhum centavo e depois esfregou a conta na minha cara.

Six ri enquanto destranca a porta, mas não a abre. Vira-se e olha para mim por entre os cílios, que são tão longos e grossos que dá vontade de estender a mão e encostar neles.

Dar um beijo nela no jantar foi mesmo algo espontâneo, mas eu tinha certeza de que aquilo facilitaria e muito esse momento agora.

Só que não facilitou.

Na verdade estou me sentindo mais pressionado a beijá-la por já termos nos beijado uma vez naquela noite. E como isso já aconteceu, e por saber o quanto foi bom, me dá mais vontade ainda de beijá-la, mas agora tenho medo de estar com as expectativas altas demais.

Começo a me inclinar para a frente quando os lábios dela se separam.

— Vai usar a língua dessa vez? — sussurra.

Aperto os olhos e dou um passo para trás, completamente confuso com o comentário dela. Esfrego as palmas das mãos no rosto e solto um gemido.

— Droga, Six. Eu já estava constrangido. Agora você criou ainda mais expectativas.

Percebo que está sorrindo quando olho para ela.

— Ah, pode ter certeza de que tenho expectativas — diz ela para me provocar. — Estou esperando que esse beijo seja a coisa mais impressionante que já senti na vida, então acho bom você corresponder.

Suspiro, perguntando-me se ainda dá para recuperar o clima. Duvido.

— Não vou beijar você agora.

Ela balança a cabeça

— Vai, sim.

Cruzo os braços.

— Não, não vou. Você me deixou com medo de falhar.

Ela dá um passo na minha direção e desliza as mãos entre meus braços cruzados, empurrando-as até que eles se soltem.

— Daniel Wesley, você está me devendo uma reprise por ter me obrigado a beijá-lo no meio de um restaurante lotado e ao lado de uma fralda suja.

— Não estava lotado.

Ela me fulmina com o olhar.

— Coloque as mãos no meu rosto, me empurre na parede e enfie essa língua na minha boca! Agora!

Antes que ela possa rir de si mesma, minhas mãos estão tocando seu rosto, suas costas pressionam a parede da casa e meus lábios colam nos dela. Tudo acontece tão rápido que ela se surpreende e solta o ar, o que faz seus lábios se separarem, provavelmente mais do que ela gostaria. Assim que acaricio a ponta da sua língua com a minha, Six agarra minha camisa com os punhos cerrados, puxando-me para perto de si. Inclino a cabeça e intensifico o beijo, querendo que ela sinta tudo que é possível, querendo que sinta tudo de uma vez só.

Sendo que agora minha boca não está tendo problemas para se lembrar do que fazer. Na verdade, está tendo problemas para se lembrar de como ir devagar. As mãos dela estão no meu cabelo e, se ela gemer mais uma maldita vez, tenho medo de precisar carregá-la para o banco de trás do meu carro e tentar diminuir o significado desse encontro.

Não posso fazer isso. Não posso, não posso, não posso. Já estou gostando demais dessa garota e ela já me faz pensar no próximo encontro. Apoio as mãos na parede atrás da cabeça dela e me obrigo a me afastar.

Nós estamos ofegantes, respirando com dificuldade. Nunca fiquei tão ofegante com um beijo. Seus olhos estão fechados, e amo muito o fato de ela demorar um instante para abri-los quando acabo de beijá-la. Fico satisfeito de ver que Six aprecia com calma o que eu a faço sentir, e também quero sentir tudo isso com calma.

— Daniel — sussurra.

Dou um gemido e encosto minha testa na dela, tocando sua bochecha com a mão.

— Assim você me faz amar o meu nome.

Six abre os olhos e eu me afasto, olhando para ela e ainda acariciando sua bochecha. Ela está olhando para mim da mesma forma que olho para ela. Como se não pudéssemos acreditar na nossa sorte.

— Acho bom que você não acabe se revelando um babaca — diz ela, baixinho.

— E acho bom que você não tenha mais nada com esse cara da Itália.

Six balança a cabeça.

— Não tenho — confirma, apesar de seus olhos dizerem outra coisa.

Tento não pensar demais nisso, pois, na verdade, não tem importância, independentemente do que seja. Ela está aqui comigo. E está feliz. Dá para perceber.

— Acho bom não voltar com a garota que partiu seu coração ontem — acrescenta ela.

Balanço a cabeça.

— Nunca. Não depois disso. Não depois de você.

Ela parece aliviada com a minha resposta.

— Isso é assustador. Nunca tive um namorado antes. Não sei como funciona. As pessoas costumam começar a namorar tão depressa assim? Será que devíamos fingir que não estamos tão interessados um no outro por mais alguns encontros?

Ah, meu Deus.

Nunca tinha ficado tão animado com uma garota querendo namorar comigo. Normalmente saio correndo ao escutar algo do tipo. Cada frase que sai de seus lábios destrói tudo que eu sabia sobre mim mesmo.

— Não tenho interesse em fingir que não estou interessado — digo. — Se você tiver metade da vontade que tenho de que seja minha namorada, vai me poupar de ter que implorar. Pois eu estava prestes a ficar de joelhos e fazer exatamente isso.

Six estreita os olhos de um jeito brincalhão.

— Nada de implorar. É muito desespero.

— Você me deixa desesperado — confesso, pressionando os lábios nos dela novamente. Dessa vez prefiro dar um beijo simples, apesar de estar morrendo de vontade de agarrar o rosto dela e a pressionar contra a parede. Eu me afasto e ficamos nos olhando. Ficamos nos encarando por tanto tempo que estou começando a ficar preocupado achando que ela me enfeitiçou de alguma maneira, pois nunca tive essa vontade de simplesmente ficar encarando uma garota. Só de olhar para ela meu coração arde, sinto um aperto no peito e meio que já estou surtando por ter começado a namorar essa garota nesse minuto apesar de mal nos conhecermos. — Você é uma bruxa?

Six volta a rir e de repente não estou nem ligando se é uma bruxa ou não. Se for alguma espécie de feitiço o que ela lançou em mim, espero que nunca acabe.

— Não faço nem ideia de quem você é e agora já é minha namorada, porra. Que merda você fez comigo?

Ela ergue as palmas das mãos na defensiva.

— Ei, nem venha colocar a culpa em mim. Passei 18 anos sem querer saber de namorado algum e de repente você aparece do nada com sua boca suja e primeiros beijos extremamente constrangedores e olha só o que aconteceu comigo. Sou uma hipócrita.

— Eu nem tenho seu telefone.

— Eu nem sei quando é seu aniversário — diz ela.

— Você é a pior namorada que já tive.

Ela ri e eu a beijo novamente. Percebo que preciso beijá-la toda vez que ela ri, e Six ri bastante. O que significa que preciso beijá-la bastante. Caramba, espero que ela não ria na frente de Sky nem de Holder, porque vai ser quase impossível não beijá-la.

— É melhor não contar a Sky sobre a gente — digo. — Ainda não quero que Holder saiba.

— E no colégio? Vou me matricular amanhã. Não acha que vai ficar óbvio quando a gente começar a interagir?

— A gente podia fingir que se odeia. Pode ser divertido.

Ela inclina a cabeça para cima, encontra minha boca outra vez e me dá um selinho rápido.

— Mas como está planejando manter as mãos longe de mim? Deslizo a outra mão até a cintura dela.

— Não vou manter as mãos longe de você. Só vou ter que fazer isso quando eles não estiverem olhando.

— Vai ser tão divertido — sussurra ela.

Sorrio e a puxo para perto de mim mais uma vez.

— E como vai. — Abaixo a cabeça e a beijo uma última vez. Depois a solto, estendo o braço e viro a maçaneta atrás dela, abrindo a porta. — Até amanhã.

Six dá dois passos para trás até alcançar a porta.

— Até amanhã.

80

Ela começa a se virar e entrar na casa, mas então agarro o seu pulso e a puxo de volta para fora. Apoio o braço em sua lombar e me inclino até nossos lábios se encontrarem.

— Eu me esqueci de esbarrar em você por acidente.

Encosto em sua boca enquanto ela ri, roço a palma da mão em seu peito e então me afasto.

— Opa. Foi mal.

Rindo, ela cobre a boca com a mão ao entrar em casa. Depois fecha a porta e eu imediatamente caio de joelhos e me deito. Fico encarando o teto da varanda, me perguntando o que diabos acabou de acontecer com o meu coração.

A porta volta a se abrir devagar e ela me olha. Estou esparramado pela varanda que nem um idiota.

— Só precisava de um minuto para me recuperar — justifico, sorrindo para ela. Nem estou tentando disfarçar o quanto essa garota me afeta. Ela dá uma piscada e começa a fechar a porta. — Six, espere — digo, me levantando. Ela abre a porta novamente, eu estendo o braço, seguro o caixilho e me inclino em sua direção. — Sei que terminei um namoro ontem à noite, mas quero que saiba que você não é apenas uma distração para me ajudar a seguir em frente. Você sabe disso, não é?

Ela faz que sim com a cabeça.

— Sei, sim — responde, confiante. — Você também não.

Em seguida, ela volta para dentro de casa e fecha a porta.

Meu Deus.

Uma porra de um anjo.

Capítulo Três

— Vamos! — digo para ela pela quinta vez.

Ela pega a mochila, solta um gemido, levanta-se e empurra a cadeira para debaixo da mesa.

— Qual o seu maldito problema, Daniel? Você nunca tem essa pressa toda para chegar ao colégio.

Ela engole o resto do suco de laranja. Estou parado na porta há cinco minutos, pronto para sair. Abro a porta para minha irmã e vou atrás dela.

Após entrarmos no carro, nem a espero fechar a porta para engatar a ré.

— Sério, por que tanta pressa? — pergunta ela.

— Não estou com pressa — digo, na defensiva. — Você que estava muito lerda.

A última coisa que ela precisa saber é o quanto sou extremamente patético. Tão patético que estou acordado há duas horas, esperando o momento de sair. É provável que eu nem veja Six antes do almoço, a não ser que a gente tenha alguma aula em comum, então não sei mesmo por que estou com tanta pressa.

Nem tinha pensado nisso. Quero muito que a gente tenha aulas em comum.

— Como foi seu encontro ontem? — pergunta Bolota enquanto coloca o cinto.

— Foi bom.

— Beijou ela?

— Aham.

— Está gostando dela?

— Aham.

— Qual o nome dela?

— Six.

— Não, sério. Qual o nome dela?

— Six.

— Não, não o apelido que você deu. Como é que as outras pessoas a chamam?

Viro a cabeça e olho para ela.

— Six. Todo mundo a chama de Six.

Bolota enruga o nariz.

— Que estranho.

— Combina com ela.

— Você a ama?

— Não.

— Mas quer amá-la?

— Aha...

Caramba.

Espere.

Se eu quero?

Não sei. Talvez. Quero? Merda. Não sei. Que coisa feia, só faz dois dias que terminei um namoro e já estou contemplando a possibilidade de amar outra pessoa?

Bem, tecnicamente acho que nunca amei a Val de verdade. Achava que sim, mas agora penso que se uma pessoa está verda-

84

deiramente apaixonada, o amor dela é algo incondicional. O que eu sentia por Val não era nada incondicional. Tudo que eu sentia por ela tinha certas condições. Porra, eu só a convidei para sair comigo porque durante uns 15 segundos achei que ela fosse a Cinderela.

Depois daquela experiência no armário no ano passado, eu não conseguia parar de pensar na garota misteriosa. Eu a procurei por todo canto, apesar de não fazer ideia de como ela era. Tenho quase certeza de que tinha cabelo louro, mas estava escuro, então eu podia estar errado. Prestei atenção na voz de todas as garotas por quem passava para ver se parecia com a voz dela. O problema é que todas as vozes se pareciam com a dela. É difícil memorizar uma voz quando não se tem um rosto para fortalecer a lembrança, por isso eu sempre encontrava pequenas coisas que a lembravam em todas as garotas com quem conversava.

E cheguei mesmo a me convencer de que a Val era a Cinderela. Um dia passei por ela no corredor quando estava indo para a aula de história. Já a tinha visto antes, mas nunca prestara muita atenção porque a Val parecia ser fresca demais para mim. Esbarrei acidentalmente no seu ombro porque estava com a cabeça virada, falando com outra pessoa. Ela reclamou:

— Presta a atenção, menino.

Fiquei paralisado, com medo demais para me virar porque escutá-la dizer a palavra "menino" me convenceu de que eu estava prestes a ficar cara a cara com a garota do armário. Quando finalmente criei coragem para me virar, embasbaquei com o quanto ela era gostosa. Sempre torci para que eu achasse a Cinderela atraente quando descobrisse quem ela era. Mas a Val era bem mais gostosa do que eu estava imaginando.

Andei até ela e a fiz repetir o que tinha acabado de dizer. Ela ficou chocada, mas fez o que pedi mesmo assim. Quando as palavras saíram da sua boca, eu me inclinei para a frente no mesmo instante e a beijei. Mas, assim que a beijei, percebi que ela não era a Cinderela. Sua boca era diferente. Não diferente de um jeito ruim, apenas diferente. Quando me afastei após perceber que não era ela, fiquei um pouco irritado comigo mesmo por não conseguir superar isso. Eu nunca ia descobrir quem era aquela garota, então não adiantava ficar obcecado com isso. Além do mais, a Val era muito gostosa. Eu me obriguei a convidá-la para sair naquele dia e foi assim que começou "o namoro".

— Você passou direto pelo meu colégio — diz Bolota.

Piso no freio ao perceber que ela tem razão. Engato a ré e volto, depois paro o carro para que ela possa descer. Minha irmã olha pela janela do carona e suspira.

— Daniel, a gente chegou tão cedo que ainda não tem ninguém.

Eu me inclino para a frente e olho pela janela dela, observando a escola.

— Não é verdade — digo, apontando para alguém estacionando. — Tem uma pessoa lá.

Ela balança a cabeça.

— Esse é o zelador. Cheguei antes até mesmo do zelador. — Ela abre a porta, sai, vira-se e enfia a cabeça dentro do carro antes de fechar a porta. — Preciso sair da aula uma hora antes também? Por acaso o seu cérebro está funcionando em outro fuso horário hoje?

Ignoro o comentário e ela fecha a porta. Em seguida, piso no pedal e vou para o colégio.

***

Não sei qual modelo de carro ela dirige, então paro na minha vaga de sempre e fico esperando. Já tem mais alguns carros por aqui, inclusive o de Sky e o de Holder, mas sei que eles estão correndo na pista como fazem todos os dias de manhã.

Não acredito que não sei qual é o carro dela. Também não tenho o telefone dela ainda. Nem sei quando é seu aniversário. Nem qual sua cor preferida ou o que ela quer ser quando for mais velha, por que diabos escolheu a Itália para fazer intercâmbio, os nomes de seus pais ou o que gosta de comer.

As palmas das minhas mãos começam a suar, então as enxugo na calça jeans e seguro o volante. E se Six for bem irritante perto de outras pessoas? E se for viciada em drogas? E se...

— Oi.

A voz dela interrompe o que quase chegou a ser um ataque de pânico. Ela também me acalma pra caramba, pois assim que a vejo indo se sentar no banco do meu carro meus medos injustificados se transformam em total alívio.

— Oi.

Six fecha a porta e põe a perna em cima do banco, virando-se para mim. Ela tem um cheiro tão bom. E não é cheiro de perfume de jeito nenhum... é só um cheiro gostoso. Um pouco cítrico.

— Já teve seu ataque de pânico? — pergunta ela.

Meu rosto é tomado pela confusão. Antes que eu possa responder, ela volta a falar:

— Tive um agora de manhã — diz, olhando para tudo ao nosso redor, sem conseguir fazer contato visual comigo. — Não consigo parar de pensar que somos dois imbecis. Talvez essa ligação que achamos que existe entre nós seja mera imaginação, talvez ontem a gente não tenha se divertido tanto quanto pensamos. Eu nem conheço você, Daniel. Não sei quando é seu aniversário, qual é o verdadeiro nome da Bolota, se tem animais de estimação, o que quer estudar na faculdade. Sei que a gente não fez nada sério demais nem se casou nem transou, mas você precisa entender que eu nunca tinha achado a ideia de ter um namorado minimamente interessante, e talvez continue não achando, mas... — Ela finalmente olha para mim. — Mas você é tão engraçado e o ano passado foi o pior ano da minha vida, e por alguma razão quando estou com você me sinto bem. Apesar de mal conhecê-lo, eu gosto muito, muito mesmo do que já sei sobre você. — Six encosta a cabeça no apoio do banco e suspira. — E você é um gato. Muito gato. Gosto de ficar olhando pra você.

Eu me viro no banco e imito a posição dela, encostando a cabeça no apoio do meu banco.

— Terminou?

Ela faz que sim com a cabeça.

— Tive o meu ataque de pânico logo antes de você entrar aqui no carro. Mas, quando abriu a porta e escutei sua voz, tudo desapareceu. Acho que agora já estou bem.

Ela sorri.

— Que bom.

Sorrio de volta, e ficamos nos encarando por vários segundos. Quero beijá-la, mas também gosto só de ficar olhando para ela. Eu seguraria sua mão, mas Six está passando os dedos pela costura do banco do carona e gosto de observá-la fazer isso.

— É melhor eu entrar logo e fazer minha matrícula — diz.

— Pegue o segundo horário do almoço.

Ela assente.

— Não vejo a hora de fingir que odeio você.

— Não vejo a hora de fingir que odeio você mais ainda.

Percebo que Six está prestes a se virar, então me inclino para a frente e ponho a mão em sua nuca, puxando-a para mim. Dou um beijo de bom-dia, de oi e de tchau, tudo ao mesmo tempo. Ao me afastar, olho por cima do ombro dela e avisto Sky e Holder saindo da pista e vindo para o estacionamento.

— Merda! — Empurro a cabeça dela para baixo. — Eles estão vindo pra cá.

— Droga — sussurra ela.

Six começa a cantarolar o tema de Missão Impossível, me fazendo rir. Começo a me agachar junto com ela, mas, independentemente de estarmos com a cabeça abaixada ou não, os dois vão nos ver se vierem até meu carro.

— Vou sair do carro para que eles não venham até aqui.

— Boa ideia — diz ela, a voz abafada pelos braços. — Acho que você me causou um traumatismo cervical.

Eu me inclino e beijo a cabeça dela.

— Desculpe. Vejo você daqui a pouco. Tranque as portas quando sair.

Abro a porta do carro no instante em que Holder começa a se aproximar de mim. Ando até eles para que não se aproximem.

— Foi boa a corrida? — pergunto ao alcançá-los.

Os dois fazem que sim com a cabeça, ofegantes.

— Preciso pegar minha muda de roupa para trocar — avisa Sky para Holder, apontando para o carro dela. — Quer que eu pegue a sua? — Holder concorda com a cabeça e ela segue naquela direção.

Os olhos de Holder desviam dela para mim.

— Por que chegou tão cedo? — pergunta ele.

Não parece estar me acusando. Provavelmente está apenas puxando papo, mas já estou achando que preciso me defender. — Bolota precisou chegar mais cedo no colégio — minto.

Ele balança a cabeça e usa a barra da camisa para enxugar o suor da testa.

— Você vai mesmo hoje à noite?

Penso na pergunta dele. Penso muito, mas não estou conseguindo me lembrar do que é que vai acontecer hoje à noite que precise da minha presença.

— Daniel, você nem sabe do que estou falando, não é?

Nego com a cabeça.

— Não faço a mínima ideia — admito.

— O jantar na casa da Sky. Karen convidou você e Val. Eles vão fazer uma festa de boas-vindas para a melhor amiga da Sky. Isso chama minha atenção.

— Ah, óbvio que vou. Mas não vou levar a Val. A gente terminou, lembra?

— Eu sei, mas o jantar é só daqui a dez horas. Talvez você volte a amá-la até lá.

Sky aproxima-se e entrega a bolsa de Holder para ele.

— Daniel, você viu Six?

— Não — respondo imediatamente.

Sky olha para o colégio, sem perceber o tom defensivo da minha resposta.

— Ela deve estar fazendo a matrícula lá dentro. — Ela se vira para Holder. — Vou atrás dela. — Ela se estica e o beija na bochecha, mas Holder continua me encarando.

E apertando os olhos.

Isso não é bom.

Sky se afasta e começo a ir atrás dela na direção do colégio. Ao passar por Holder, as mãos dele encostam no meu ombro, então paro. Eu me viro, mas demoro alguns segundos para fitá-lo nos olhos. Ao fazer isso, percebo que ele não parece nada contente.

— Daniel?

Ergo a sobrancelha para ficar com a mesma expressão dele.

— Holder?

— O que está aprontando?

— Não sei do que está falando — respondo, com certa inocência.

— Sabe, sim, pois você usa um tom de voz diferente quando está mentindo.

Fico pensando no que ele disse. É verdade?

Merda. É verdade.

Solto um suspiro pesado e faço o que posso para parecer que estou confessando alguma coisa.

— Está bem — digo, chutando a terra debaixo dos meus pés. — Acabei de transar com a Val. No meu carro. Não queria que soubesse, porque você e Sky pareceram felizes com o fim do meu namoro.

Os ombros de Holder relaxam e ele balança a cabeça.

— Cara, não estou nem aí pra quem você namora. Sabe disso. — Ele começa a andar em direção ao colégio, então vou atrás dele. — A não ser que seja Six — acrescenta Holder. — Você não tem permissão para sair com a Six.

Continuo andando, apesar desse comentário ter me dado vontade de ficar parado.

— Não tenho a menor vontade de sair com Six. Ela nem é tão gata assim.

Ele para imediatamente e se vira para mim. Em seguida, ergue o dedo como se estivesse prestes a me repreender.

— Você também não tem permissão para falar mal dela.

Meu Deus. Talvez manter nosso namoro em segredo acabe sendo mais cansativo do que divertido.

— Não posso amá-la, nem odiá-la, nem transar com ela, nem sair com ela. Entendi. Mais alguma outra coisa?

Ele pensa por um instante e depois abaixa o braço.

— Não. Só isso mesmo. Nos vemos no almoço. — Ele se vira e entra no prédio.

Olho para o estacionamento a tempo de ver Six saindo escondida do meu carro. Ela acena para mim rapidamente. Eu aceno de volta, me viro e entro também.

* * *

Levo a bandeja até a mesa e comemoro internamente ao ver que o único lugar vazio é ao lado de Six. Ela me vê se aproximando e seus olhos sorriem, mas apenas por um instante. Coloco a bandeja na frente de Holder e procuro me inteirar da conversa. Eles estão discutindo o jantar na casa de Sky hoje, mas eu já jantei lá antes. Karen não sabe o que é comida de verdade. Ela é vegana, então costumo recusar os convites para comer na casa delas. Mas não dessa vez.

— Vai ter carne? — pergunto.

Sky faz que sim com a cabeça.

— Vai. Na verdade é Jack quem vai cozinhar, então a comida deve ser boa. E eu fiz um bolo de chocolate.

Estendo a mão para pegar o sal, apesar de não precisar dele. Só queria uma desculpa para me inclinar e ficar bem pertinho de Six.

— E aí, Six, está gostando das aulas? — pergunto, de forma casual.

Ela dá de ombros.

— São ok.

— Me deixa ver seu horário.

Six aperta os olhos como se eu estivesse fazendo algo errado. Olho para ela, querendo que perceba que não precisa se preocupar. Eu puxaria conversa mesmo que não estivesse a fim dela, pois não sou um babaca.

— Que saco que não vamos ter nenhuma aula juntas — diz Sky. — Quem é seu professor de história?

Six tira o horário do bolso e o entrega para mim. Eu o abro e dou uma rápida olhada nas aulas, mas vejo que não temos nenhuma em comum.

— Carson — digo, respondendo à pergunta de Sky.

Devolvo o horário para Six e lanço um olhar indicando que não temos nenhuma aula juntos. Ela parece ficar chateada, mas não diz nada.

— Você fala bem italiano? — pergunta Breckin para Six.

— De jeito nenhum. Falo melhor espanhol do que italiano. Escolhi a Itália porque tinha dinheiro suficiente para fazer essa viagem e preferia passar um ano lá do que no México.

— Escolheu bem — comenta Breckin. — Os homens são mais bonitos na Itália.

Six faz que sim com a cabeça.

— São mesmo — diz ela, concordando.

Perco o apetite imediatamente e solto o garfo no prato, o que faz o maior barulho. Óbvio que todos se viram para mim. Ficamos um momento em silêncio e constrangidos, e todos continuam me encarando, então digo a primeira coisa que surge na minha cabeça:

— Os italianos são peludos demais.

Sky e Breckin riem, mas Six pressiona os lábios e olha para o próprio prato.

Nossa, sou péssimo nisso.

Por sorte, Val aproxima-se e rouba a atenção de todo mundo.

Espere um pouco. Eu disse "por sorte"? Porque Val se aproximar não é nada bom.

— Posso conversar com você? — pergunta ela, me fulminando com o olhar.

— Tenho escolha?

— Corredor — ordena ela, virando-se por completo e seguindo para a saída do refeitório.

— Faça um favor para todos nós e vá ver o que a Val quer — diz Sky. — Se não for atrás dela, essa menina vai acabar aparecendo de novo aqui na mesa.

— Por favor — murmura Breckin.

Fico observando a reação de todos e não sei se eles sempre agiram assim em relação a Val ou se estou percebendo isso pela primeira vez por finalmente estar vendo as coisas com mais nitidez.

— Por que vocês estão chamando Tessa Maynard de Val? — pergunta Six, confusa.

Breckin aponta por cima do ombro para a direção em que Val foi.

— Tessa é Val. Val é Tessa. Daniel não consegue chamar ninguém pelo nome, se ainda não percebeu.

Observo Six inspirar lentamente e olhar para mim. Ela parece enojada.

— Sua namorada é Tessa Maynard? Você transa com Tessa Maynard?

— Ex-namorada e transava — informo. — E, sim, é provável que tenha sido na mesma época em que você se apaixonou por um italiano peludo.

Six aperta os olhos e desvia o olhar depressa. Eu me arrependo imediatamente do que disse, mas só estava brincando. Mais ou menos. Nós devíamos nos tratar mal. Não sei se a magoei de verdade ou se ela está apenas sendo uma ótima atriz.

Suspiro, me levanto e vou correndo na direção das portas do refeitório para voltar logo para a mesa e ter certeza de que Six não está mesmo irritada comigo.

Chego ao corredor e vejo Val parada ao lado das portas do refeitório.

— Volto com você com uma condição — diz ela.

Fico curioso para saber qual é a condição, mas a essa altura isso não importa.

— Não estou interessado.

Ela fica literalmente boquiaberta. E, agora que estou prestando mais atenção, sua boca nem é tão bonita. Não sei como caí nisso todas as outras vezes.

— Estou falando sério, Daniel — diz ela, com firmeza. — Se aprontar mais uma vez, é o fim.

Deixo a cabeça cair para trás até ficar olhando para o teto.

— Caramba, Tessa — digo. Ela não merece mais meus apelidos. Olho-a nos olhos mais uma vez. — Não quero voltar com você. Não quero namorar você. Não quero nem mais ficar com você. Você é má.

Ela zomba do que eu disse, mas continua imóvel.

— Está falando sério? — pergunta, perplexa.

— Sim. Estou falando sério. Essa é a verdade. Tenho toda a certeza do mundo. Pode escolher a frase que preferir.

Val joga as mãos para cima, se vira e volta para o refeitório. Ando até as portas e as abro. Six está me encarando da nossa mesa, então dou uma rápida olhada no resto do grupo. Ninguém está prestando atenção; portanto, gesticulo para que ela venha para o corredor. Six toma um gole rápido de água, se levanta e pede licença. Eu me afasto da porta enquanto ela se aproxima da saída Quando as portas se abrem, eu a agarro imediatamente pelo pulso e a puxo até alcançarmos os armários. Depois a empurro neles e pressiono meus lábios nos dela. Ela leva as mãos ao meu cabelo na mesma hora e nos beijamos com pressa como se alguém fosse nos pegar no flagra.

E isso pode mesmo acabar acontecendo.

Após um bom minuto, ela empurra sem força o meu peito e eu me afasto.

— Está puta? — pergunto, quase deixando a pergunta escapar entre minhas arfadas.

— Não — responde ela, balançando a cabeça. — Por que estaria?

— Porque Val é Tessa e está na cara que você não gosta muito dela. Além disso, tive uma crise de ciúmes e chamei os italianos de peludos.

Ela ri.

— Estamos só fingindo, Daniel. Na verdade, fiquei até um pouco impressionada e senti tesão quando você ficou com ciúmes. Mas não fiquei nada impressionada por Val ser Tessa. Não acredito que transou com Tessa Maynard.

— E eu não acredito que você transou com praticamente todos os outros caras desse colégio — digo, brincando.

Six sorri.

— Você é um babaca.

— Você é uma safada.

— Você vai para o meu jantar hoje? — pergunta ela.

— Que pergunta mais idiota.

96

Um sorriso surge lentamente no rosto dela, e é tão sexy que preciso beijá-la mais uma vez.

— É melhor eu voltar — sussurra ela após eu me afastar.

— Sim, é melhor mesmo. Eu também.

— Você primeiro. Eu disse que ia à secretaria resolver um problema com meu horário.

— Tudo bem — digo. — Posso ir primeiro, mas vou ficar com saudade até você voltar para a mesa.

— Não me faça vomitar.

— Aposto que você fica linda quando vomita. Aposto que até seu vômito é lindo. Ele provavelmente é rosa-chiclete.

— Você é muito nojento. — Ela ri, me dá outro beijo, empurra meu peito e se afasta. Em seguida, põe as mãos nas minhas costas e me empurra na direção das portas do refeitório. — Aja com naturalidade.

Eu me viro, pisco para ela e passo pelas portas. Volto casual mente para a mesa e me sento.

— Cadê Six? — pergunta Breckin.

Dou de ombros.

— Por que eu deveria saber? Estava ficando com Val no corredor.

Sky balança a cabeça e apoia o garfo na mesa.

— Acabei de perder o apetite, Daniel. Valeu.

— Seu apetite vai voltar antes do jantar de hoje — afirmo.

Sky nega com a cabeça.

— Não com você e Val lá. Vocês provavelmente vão ficar se beijando ao lado da minha comida. Se babarem no meu bolo de chocolate não vão ganhar pedaço nenhum.

— Desculpe, Peitinho de Queijo — digo. — Val não vai para o seu jantar. Mas eu vou.

— Aposto que vai — diz Breckin, baixinho.

Olho para ele, que corresponde com um olhar desafiador.

— O que foi que você disse, Bambi?

Ele odeia muito quando eu o chamo de Bambi, mas provavelmente sabe que eu só dou apelido para as pessoas de quem gosto. Acho que na verdade ele sabe, pois não pega muito no meu pé quando faço isso.

— Eu disse "aposto que vai" — repete ele, dessa vez mais alto.

Ele se vira para Sky, que está sentada bem ao lado dele.

— Seis, né?

Sky faz que sim com a cabeça.

— Seis ou seis e meia.

— Chegarei às seis — avisa Breckin. Ele olha para mim e abre um sorriso malicioso. — Aposto que você também vai chegar às seis, não é, Daniel? Gosta de seis? Seis está bom pra você?

Ele sabe. Que merda.

— Seis está perfeito — digo, olhando-o nos olhos. — É a minha hora preferida do dia.

Ele sorri de propósito, mas não estou preocupado. Tenho a impressão de que vai se divertir com isso tanto quanto eu.

— Tudo resolvido? — pergunta Sky a Six quando ela volta para a mesa.

Six assente e se senta. Sua mão alisa a parte externa da minha coxa enquanto ela se acomoda. Pressiono o joelho no dela e nós dois erguemos os garfos e pegamos um pouco de comida ao mesmo tempo.

Ter Six tão perto de mim e não poder tocar nela é uma enorme tortura. Estou começando a achar que prefiro simplesmente me inclinar e lhe dar um beijo e acabar levando uma surra de Holder do que fingir que não sinto nada por ela.

Nunca me senti tão inquieto e estou assim desde que ela entrou em casa ontem à noite. Passei o dia agitado. Não consigo parar de tamborilar os dedos e balançar a perna. Parece que quero arranhar minha própria pele quando ela não está por perto, como se eu estivesse voltando ao normal depois de me drogar.

É exatamente isso que estou sentindo. Como se ela fosse uma droga e eu estivesse me viciando na mesma hora, sendo que meu estoque acabou. A única coisa que sacia esse desejo é a risada dela. Ou seu sorriso, seu beijo ou a sensação do seu corpo encostando no meu.

Nossa, como é difícil não tocar nela. É difícil demais.

Ela começa a rir bem alto de alguma coisa que Sky disse e o desejo fica quase intolerável por causa do tamanho da minha necessidade de pegar esse som com a minha boca.

Apoio o garfo no prato, coloco a cabeça entre as mãos e solto um gemido.

— Pare de rir — peço, baixinho.

É óbvio que Six está rindo alto demais para me escutar, então me viro para ela e repito:

— Six. Pare de rir. Por favor.

Ela fecha a boca e se vira para mim.

— Como é que é?

No mesmo instante, Holder chuta o meu joelho. Chego um pouco para trás, puxo o joelho para cima e massageio o local atingido.

— Que porra foi essa?

Holder olha para mim como se eu fosse sem noção.

— Qual é o seu problema, porra? Falei pra você não ser mau com ela.

Rá. Ele acha que estou sendo mau? Ah, se ele soubesse o quanto eu queria ser bonzinho com ela.

— Não gosta da minha risada? — pergunta Six.

Pelo seu tom de voz, percebo que Six sabe o quanto gosto da sua risada, mas ela está adorando o fato de que Holder não faz ideia do que a risada dela provoca em mim.

— Não — resmungo, voltando a me aproximar da mesa.

Ela ri outra vez, e o som da sua risada faz com que eu me contorça.

— Você é sempre tão mal-humorado assim? — pergunta. — Quer que eu vá buscar sua namorada para que ela venha aqui melhorar seu humor?

— Não! — gritam Sky e Breckin em uníssono.

Olho para Six.

— Acha que minha namorada poderia melhorar meu humor?

Ela sorri.

— Acho que sua namorada é uma completa imbecil por aceitar namorar você.

Balanço a cabeça.

— Minha namorada toma decisões incrivelmente sensatas. Não vejo a hora de encontrar com ela hoje à noite e mostrar o quanto eu a considero inteligente por ter decidido namorar comigo.

— Achei que você tinha dito que ela não ia ao jantar — comenta Sky, desapontada.

Six desliza a mão para debaixo da mesa e começa a massagear a parte do meu joelho que Holder chutou.

— Meu Deus — murmuro, me inclinando para a frente. Apoio os cotovelos na mesa e passo as mãos no rosto, tentando não demonstrar sentimento algum apesar de estar me sentindo como se Six tivesse entrado no meu peito e envolvido meu coração. — O almoço já acabou? — pergunto, para ninguém em particular. — Preciso dar o fora daqui.

100

Holder confere o celular.

— Mais cinco minutos. — Ele olha para mim novamente. — Está doente, Daniel? Você não está agindo muito normalmente hoje. Estou começando a ficar assustado.

A mão de Six ainda está no meu joelho. Casualmente, ponho a mão debaixo da mesa e a apoio sobre a dela. Ela vira a mão, eu entrelaço nossos dedos e aperto.

— Eu sei — digo para Holder. — Estou tendo um dia estranho, só isso. Namoradas. Elas causam isso na gente.

Ele ainda está me observando de forma suspeita.

— Você está mesmo precisando se decidir em relação a ela. Já passou o tempo em que a gente sentia pena de você, agora não passa de uma coisa irritante.

— Ela ter sido a maior piranha também não ajuda em nada — diz Six.

— Six! — exclama Sky, rindo. — Que crueldade.

Six dá de ombros.

— É verdade. A namorada de Daniel era a maior piranha de todas. Ouvi dizer que transou com mais de seis garotos em apenas um ano.

— Não fale assim da minha namorada — digo. — Quem se importa com o que ela fez no passado? Eu não.

Six aperta minha mão, afasta a dela e a coloca em cima da mesa mais uma vez.

— Desculpe — diz ela. — Não foi legal ter dito isso. Se ajudar em alguma coisa, ouvi dizer que ela beija muito bem.

Sorrio.

— O beijo dela é fenomenal.

O sinal toca e todos pegam suas bandejas. Percebo que Six não está com a menor pressa, então também vou devagar. Sky

101

dá um beijo na bochecha de Holder e vai com Breckin até a saída. Holder pega as bandejas dos dois e ergue o olhar para mim.

— Vejo você à noite — diz ele. — E espero que o verdadeiro Daniel apareça na festa, porque você não está fazendo muito sentido hoje.

— Eu sei — concordo, apontando rápido para minha cabeça. — Ela está me deixando maluco, cara. Completamente maluco. Estou perdendo a noção.

Holder balança a cabeça.

— É exatamente disso que estou falando. Val nunca mexeu tanto assim com você. É estranho. — Ele se afasta, ainda parecendo confuso. Eu me sinto um pouco mal por mentir para Holder, mas a culpa é dele. Ele não devia dizer quem devo namorar ou não, pois assim eu não precisaria esconder isso dele.

— Foi divertido — diz Six, baixinho.

Ela estende o braço para pegar a bandeja, mas eu a interrompo. Dou um passo para perto dela e a olho bem nos olhos.

— Nunca mais fale mal da minha namorada. Está me ouvindo? Ela aperta os lábios para disfarçar o sorriso.

— Entendido.

— Quero que vá até seu armário. E me espere lá.

Ela encontra mais dificuldade em esconder o sorriso enquanto balança a cabeça. Pego nossas bandejas, coloco-as na pilha e volto para a mesa. Dou uma olhada ao redor e não vejo ninguém prestando atenção na gente, então me inclino depressa, dou um beijo rápido nela e me afasto.

— Daniel Wesley, vão pegar você no flagra — diz ela, sorrindo.

Depois se vira e começa a andar em direção à saída, então ponho a mão discretamente em sua lombar e a acompanho.

— Nossa, espero que sim. Se eu tiver que aguentar mais um almoço desses, vou acabar perdendo o controle e deitando você na mesa.

Ela ri.

— Como você sabe escolher bem as palavras.

Saímos do refeitório e eu a acompanho até seu armário, que fica no corredor oposto ao meu. É uma terrível inconveniência. Além de não termos nenhuma aula juntos, eu nem sequer vou vê-la nos corredores enquanto estivermos no colégio. Sei que não faz nem um dia que começamos a namorar, mas já estou com saudades dela.

— Posso passar na sua casa antes do jantar? — pergunto.

Ela balança a cabeça.

— Não, vou ajudar Karen e Sky a preparar as coisas. Vou pra lá assim que a aula acabar.

— E depois do jantar?

Ela balança a cabeça enquanto pega alguns livros e deixa outros ali.

— Sky entra no meu quarto pela janela todas as noites. Você não pode ficar lá.

— Achei que sua janela estivesse fechada para balanço.

— Só para quem tem pênis.

Dou uma risada.

— E se eu dissesse que não tenho um pênis?

Ela olha para mim.

— Eu provavelmente acharia bom. Minhas experiências com pessoas que têm pênis nunca terminam bem.

Balanço a cabeça.

— Meu pênis não quer ouvir coisas desse tipo. Ele tem o ego muito sensível.

Ela sorri, fecha o armário e se encosta nele.

— Bem, talvez você deva ir pra casa depois da aula e acariciar um pouco o ego dele até melhorar.

Ergo uma das sobrancelhas.

— Você acabou de fazer uma piada sobre masturbação.

Ela faz que sim com a cabeça.

— Isso mesmo.

— Tenho a namorada mais legal do mundo.

Ela balança de novo a cabeça.

— Tem, sim.

— Nos vemos no jantar.

— Nos vemos.

— A gente pode sair escondido pra dar uns amassos enquanto o pessoal estiver comendo?

Ela aperta os olhos como se estivesse mesmo pensando no assunto.

— Não sei. Vamos ver como vai ser.

Balanço a cabeça, concordando, e encosto o ombro no armário ao lado do dela. Estamos a apenas alguns centímetros um do outro, nos encarando de novo. Amo a maneira como ela me olha, como se realmente gostasse de fazer isso.

— Me dê o número do seu telefone — peço.

— Só se não estiver planejando me enviar fotos de você acariciando seu ego depois do colégio.

Dou uma risada e ponho a mão no coração.

— Caramba, Six. Amo todas as palavras que saem da sua boca.

— Pau — diz ela, secamente.

Ela é malvada.

— Menos essa — digo. — Não amo pau.

104

Ela ri e abre o armário outra vez. Então tira uma caneta, se vira e segura minha mão. Ela anota meu telefone e depois guarda a caneta no armário.

— Vejo você hoje à noite, Daniel. — Ela começa a se afastar.

Tudo que posso fazer é assentir, pois tenho certeza de que a voz dela quase fez sexo com meus ouvidos. Ela se vira e desaparece pelo corredor no mesmo instante em que alguma outra coisa surge em meu campo de visão.

Encaro os olhos que estão me fulminando agora.

— O que você quer, Bambi? — pergunto para ele, me afastando do armário.

— Você gosta dela?

— De quem? — pergunto, me fazendo de bobo.

Nem sei por que estou tentando me fazer de bobo. Nós dois sabemos de quem ele está falando.

— Eu acho fofo — diz ele.   Ela também gosta de você. Dá para perceber.

— Dá mesmo?

Ele ri.

— Você entrega o jogo rápido demais. E, sim, não sei como, mas dá para perceber que ela gosta de você. Formam um casal fofo. Por que estão escondendo? Ou melhor, de quem estão escondendo?

— De Holder. Ele disse que não posso sair com ela. — Começo a ir em direção à minha aula, e Breckin me acompanha.

— Por que não? Só porque você é um babaca?

Paro e olho para ele.

— Sou um babaca?

Breckin assente.

— É. Achei que soubesse disso.

105

Dou uma risada e recomeço a andar.

— Ele acha que isso vai estragar tudo por todos nós sermos amigos.

— Ele tem razão. Vai estragar mesmo.

Paro de andar outra vez.

— E quem disse que as coisas não vão dar certo entre mim e Six?

— Você não acabou de conhecê-la? Tipo, dois dias atrás?

— Não importa — respondo, na defensiva. — Ela é diferente. Tenho um bom pressentimento em relação a ela.

Breckin fica me observando por um instante e depois sorri.

— Isso vai ser divertido. Nos vemos à noite. — Ele se vira e começa a andar na direção oposta, mas depois para e volta a ficar de frente para mim. — Se me chamar de Bambi mais uma vez, o seu segredo já era.

— Está bem, Bambi.

Ele ri e aponta para mim.

— Está vendo? O maior babaca.

Ele se vira e vai para a aula. Tiro o celular do bolso e acesso as informações da Val. Aperto o botão de deletar e adiciono o número de Six aos contatos. Vou esperar chegar à sala de aula para mandar uma mensagem.

Não quero parecer desesperado.

106

Capítulo Quatro

Eu: Finja que vai ao banheiro ou algo assim

Ponho o telefone na mesa e começo a comer. Estou aqui há quase uma hora e Six e eu mal tivemos oportunidade de conversar. Não sei nem se vou precisar que Breckin revele o nosso segredo, pois estou prestes a perder a paciência e fazer isso logo agora.

Sei que todo mundo está curioso com a viagem de Six para a Itália, mas ela parece ficar constrangida ao falar sobre esse assunto. Suas respostas são curtas e rápidas, e odeio ser o único que parece perceber o quanto Six não quer falar da Itália. Também gosto do fato de ser o único a perceber isso, o que é uma prova de que essa ligação que existe entre a gente, qualquer que seja ela, é algo genuíno. Sinto como se eu a conhecesse melhor do que qualquer outra pessoa aqui. Talvez até mesmo do que Sky.

Apesar de ser um absurdo eu achar isso, pois ainda não sei nem quando é o aniversário dela.

Six: Só tem um banheiro no corredor. Mesmo que eu fosse pra lá, ficaria na cara se você se levantasse e fosse atrás de mim.

Leio a mensagem e solto um gemido.

— Está tudo bem? — pergunta Jack.

Ele está sentado ao meu lado na mesa, o que em outra ocasião não teria nenhum problema, mas queria muito que Six estivesse no lugar dele. Faço que sim com a cabeça e ponho o telefone na mesa virado para baixo.

— Dramas de uma namorada irritante — respondo.

Ele ri e se vira para Holder, continuando a conversa. Six está envolvida num papo com Sky e Karen. Breckin acabou não podendo vir, o que provavelmente foi bom. Não sei como teria lidado com o fato de ele saber sobre a gente.

Agora há apenas minha impaciência e eu disputando uma guerra silenciosa na mesa de jantar.

— Isso me lembra uma coisa — diz Six, falando mais alto. — Trouxe presentes para todos vocês. Tinha esquecido. — Ela se afasta da mesa. — Eles estão lá em casa. Já volto. — Ela se levanta e dá dois passos antes de se virar para nós mais uma vez. — Daniel? Eles são meio pesados. Pode vir me ajudar?

Não pareça muito animado, Daniel.

Suspiro pesadamente.

— Está bem — respondo ao me afastar da mesa.

Olho para Holder, reviro os olhos e acompanho Six até lá fora. Nenhum de nós fala nada enquanto vamos até a lateral da casa. Ao chegar à janela, ela se vira.

— Eu menti — diz ela, com um olhar de preocupação, o que também me deixa preocupado.

— Sobre o quê?

Six balança a cabeça.

— Não comprei presente pra ninguém. Só não aguento mais nenhum segundo de tantas perguntas, e ainda ficar vendo você do outro lado da mesa sabendo que eu queria que estivéssemos a sós está tornando esse jantar muito irritante. Mas não tenho nenhum presente. Como vou voltar pra lá sem presente?

Tento não rir, mas adorei saber que Six estava tão irritada quanto eu. Eu estava começando a achar que podia ter algum problema.

— Podemos simplesmente ficar aqui e não voltar.

— Podemos — concorda. — Mas eles acabariam vindo atrás da gente. E, além disso, seria falta de educação, pois Jack e Karen tiveram o maior trabalho para preparar esse jantar pra mim e, ah, meu Deus, e se for mesmo verdade, Daniel?

Não sei se sou eu ou se é mesmo muito difícil acompanhar o que ela diz, mas não faço ideia do que Six está falando.

— Se o que for verdade?

Ela solta o ar depressa.

— E se nossos sentimentos forem apenas psicologia reversa? E se no sábado Holder tivesse dito para você me chamar para sair? Talvez depois disso você não tivesse se interessado por mim. E se o único motivo pelo qual gostamos tanto um do outro é ser proibido? E se no instante em que eles descobrirem a verdade a gente passar a se odiar?

Odeio como a preocupação na voz de Six parece sincera, pois isso significa que ela acredita mesmo nessas baboseiras que está falando.

— Acha mesmo que só estou gostando de você porque não podia deixar isso acontecer?

Ela faz que sim com a cabeça.

Seguro a mão dela e a puxo de volta para a frente da casa.

— Daniel, não tenho nenhum presente!

Ignoro-a e a acompanho até os degraus da frente da casa, então abro a porta e a levo direto para a cozinha.

— Ei! — grito.

Todos se viram para a gente e ficam nos observando. Eu me viro para Six, que está de olhos arregalados. Inspiro fundo e giro o corpo para a mesa. Mais especificamente para Holder.

— Ela me cumprimentou com o punho — digo, apontando para Six. — Não foi culpa minha. Ela odeia bolsas e me cumprimentou com o punho e depois me fez empurrá-la numa porcaria de carrossel. Depois disso, pediu para ver onde eu tinha transado no parque e me obrigou a entrar escondido no meu próprio quarto. Ela é estranha e passo metade do tempo sem conseguir acompanhar o que está dizendo, mas Six me acha engraçado pra cacete. E hoje de manhã Bolota me perguntou se eu gostaria de amá-la um dia, e aí percebi que nunca quis tanto amar alguém quanto a ela. Então se algum de vocês tiver algum problema com a ideia de nós dois namorarmos, vão ter que deixar isso de lado, porque... — Paro e olho para Six. — Porque você me cumprimentou com o punho e não dou a mínima para quem sabe que estamos juntos. Não vou a lugar algum e não quero ir a lugar algum, então pare de achar que só estou a fim de você porque eu não devia deixar isso acontecer. — Ergo as mãos e inclino a cabeça dela para perto da minha. — Estou a fim de você porque você é incrível. E porque me deixou esbarrar em seu peito por acidente.

Ela sorriu, e eu nunca tinha visto Six dar um sorriso tão grande.

— Daniel Wesley, onde aprendeu a dar em cima de uma garota tão bem?

Dou risada.

— Não é dar em cima, Six. É ter carisma.

Ela joga os braços ao redor do meu pescoço e me beija. Fico aguardando a hora em que Holder vai me puxar para longe dela, mas isso não acontece. Ficamos nos beijando por uns trinta segundos até que as pessoas começam a pigarrear. Ao se afastar de mim, Six ainda está sorrindo.

— Está achando diferente agora que eles sabem? — pergunto para ela. — Estou até achando melhor.

Six empurra meu peito e dá uma risada irritada.

— Pare! Pare de dizer essas coisas que me deixam sorrindo como uma boba. Meu rosto está dolorido desde que o conheci.

Puxo-a para perto e a abraço, em seguida me dou conta de repente de que ainda estamos na cozinha de Sky e que todos estão nos encarando. Eu me viro, hesitante, e olho para Holder com a intenção de avaliar o tamanho da sua raiva. Ele nunca bateu em mim antes, mas já vi o que ele é capaz de fazer e não estou nem um pouco a fim de passar por isso.

Quando meu olhar encontra o dele, ele está... sorrindo. Está mesmo sorrindo.

Sky leva um guardanapo aos olhos, enxugando lágrimas.

Karen e Jack estão sorrindo.

Isso é estranho.

Muito estranho.

— Vocês conversaram com meus pais? — pergunto, com certa cautela. — Eles ensinaram a vocês os truques de psicologia reversa, foi?

Karen é a primeira a falar.

— Sentem-se. A comida de vocês está esfriando.

Dou um beijo na testa de Six e me sento à mesa. Continuo lançando olhares para Holder, mas ele não parece nada chateado. Na verdade, parece um pouco impressionado.

— Cadê o meu maldito presente? — pergunta Jack para Six. Ela limpa a garganta.

— Decidi esperar até o Natal. — Six pega o copo, aproxima-o da boca e olha para mim. Sorrio para ela.

Todos retomam as conversas que estavam tendo antes da minha interrupção. É como se ninguém estivesse muito chocado. Eles agem como se isso fosse completamente normal. Como se fosse algo natural... Six e eu.

E entendo totalmente, pois é mesmo. O que quer que haja entre nós é algo bom, e apesar de eu ainda nem saber quando é o aniversário dela... sei que isso é o certo. E, pela expressão no rosto de Six agora, ela também sabe.

***

— Gostei muito dessa aqui — digo, olhando para a foto nas minhas mãos.

Estou encostado na parede, sentado no chão do quarto de Sky, enquanto Six mostra para mim, Holder e Sky as fotos que tirou na Itália.

— Qual? — pergunta ela. Six está do meu lado, deitada no chão. Baixo o olhar para ela e viro a foto para que possa ver também. Ela balança a cabeça, revirando rapidamente os olhos.

— Você só gostou dessa porque estou com um decote enorme.

Viro a foto para mim no mesmo instante. Ela tem razão. Adorei o decote. Mas na verdade não foi por causa disso que gostei. Foi porque ela parece feliz. Em paz.

— Tirei essa foto no dia em que cheguei à Itália — diz Six. — Pode ficar com ela.

— Obrigado. Não estava planejando devolvê-la.

— Considere isso um presente de aniversário de namoro — diz ela.

Imediatamente vejo a hora no celular.

— Ah. Nossa. É mesmo o nosso aniversário. — Mudo de posição até ficar em cima dela. — Quase esqueci. Sou o pior namorado do mundo Não acredito que ainda não me deu um pé na bunda.

112

Ela sorri.

— Tudo bem. No próximo você lembra. — Ela põe a mão na minha nuca e me puxa para perto até nossos lábios se tocarem.

— Aniversário de namoro? — pergunta Sky, confusa. — Há quanto tempo exatamente vocês estão namorando, hein?

Eu me afasto de Six e me encosto na parede.

— Há exatamente vinte e quatro horas.

Um silêncio constrangedor espalha-se pelo quarto, e é evidente que Holder o interrompe.

— Será que sou o único que estou tendo um pressentimento ruim sobre isso?

— Acho ótimo — diz Sky. — Nunca vi Six tão... boazinha? Feliz? Comprometida? Acho que faz bem a ela.

Six senta-se, põe os braços ao redor do meu pescoço e me puxa para o chão junto com ela.

— É porque nunca conheci alguém tão vulgar, indecente e terrível com primeiros beijos quanto Daniel. — Six puxa minha boca para perto da dela e me beija enquanto ri de si mesma.

Isso é novidade. Um beijo e uma risada ao mesmo tempo? Acho que estou no céu.

— Six também tem um quarto, sabia? — comenta Holder.

Six para de rir. E de me beijar.

Estou prestes a incluir Holder na minha lista de pessoas chatas.

— Six não deixa nenhum pênis entrar no quarto dela — respondo sem desviar o olhar dela.

Six leva a boca até minha orelha.

— Contanto que não esteja esperando que eu acaricie o ego dele hoje à noite, até que estou a fim de beijar você na minha cama.

Não sabia que as pessoas podiam se sentir assim depois de tão pouco tempo. Isso deve ser algum recorde, pois minhas mãos

113

vão para as costas e os joelhos dela e eu a ergo antes mesmo de assimilar por completo o que Six acabou de dizer. Ela joga os braços ao redor do meu pescoço e solta um gritinho enquanto me aproximo da janela de Sky. Eu a coloco no chão com delicadeza, depois praticamente a empurro para fora e começo a ir atrás dela sem nem me despedir de Sky e Holder.

— Eles são tão estranhos juntos — comenta Sky.

Escuto isso enquanto estou passando pela janela.

— Pois é — diz Holder, concordando. — Só que o mais estranho é que... eles combinam.

Eu paro.

Holder acabou mesmo de elogiar o meu namoro com Six? Não sei por que sempre quero tanto a aprovação dele, mas escutar seu comentário me deixou com uma estranha sensação de orgulho. Eu me viro, dou um passo em direção à janela e enfio a cabeça para dentro do quarto.

— Escutei o que você disse.

Ele olha para a janela, me vê inclinado para dentro e revira os olhos.

— Vá embora — diz ele, rindo.

— Não. Estamos compartilhando um momento íntimo.

Ele ergue uma das sobrancelhas, mas não responde.

— Você é meu melhor amigo, Holder.

Sky balança a cabeça e ri, mas Holder ainda está me encarando como se eu tivesse perdido o juízo.

— É sério — afirmo. — Você é meu melhor amigo e eu amo você. Não tenho vergonha de admitir que amo um homem. Amo você, Holder. Daniel Wesley ama Dean Holder. Para sempre.

— Daniel, vá se agarrar com sua namorada — diz ele, acenando para que eu vá embora.

114

Nego com a cabeça.

— Só quando você disser que me ama também.

Ele encosta a cabeça na cabeceira de Sky.

— Amo você, porra, agora SE MANDA DAQUI!

Sorrio.

— Amo você mais ainda.

Ele pega um travesseiro e o arremessa pela janela.

— Vaza daqui, seu tapado.

Eu rio e me afasto da janela.

— Vocês dois são tão estranhos juntos — diz Sky para ele.

Fecho a janela e me viro para Six. Ela já está em seu quarto, com a cabeça para fora da janela, apoiando o queixo nas mãos. Está sorrindo.

— Daniel e Holder estão namorando, estão namorando — cantarola ela.

Eu me aproximo e improviso o resto.

— Mas depois Daniel se afasta. — Termino a frase depressa. — E vai para a janela de Six, entra no quarto dela, a joga na cama e a beija até não aguentar mais porque precisa voltar pra casa e acariciar seu ego.

Ela começa a rir e se afasta para que eu entre no quarto.

Uma vez lá dentro, dou uma olhada ao redor e observo o cômodo. Finalmente entendo o que Six quis dizer quando falou que meu quarto não era apenas um quarto. Estar nesse local é como ver quem é a verdadeira Six. Sinto como se eu pudesse estudar esse cômodo e tudo que existe nele e descobrir todas as coisas que preciso saber sobre ela.

Infelizmente, Six está de pé na frente da cama, parecendo um pouco nervosa e muito mais bonita do que eu mereço, e não consigo desviar o olhar dela por tempo suficiente para observar melhor o quarto.

Não consigo deixar de sorrir para ela. Já estou percebendo que esse vai ser o melhor aniversário de namoro que já tive. As luzes estão apagadas, então está um clima perfeito para a gente se beijar. Mas estamos em silêncio. Tamanho silêncio que consigo escutar sua respiração se acelerar a cada passo que dou para perto dela, bem devagar.

Merda. Talvez essa seja a minha respiração. Não sei bem, pois a cada centímetro que me aproximo preciso inspirar mais uma vez.

Quando a alcanço, Six está olhando para mim com uma mistura estranha de ansiedade e tranquilidade. Quero empurrá-la para a cama, deitar em cima dela e beijá-la.

Eu poderia fazer isso, mas por que faria a única coisa que ela está esperando que eu faça?

Eu me inclino lentamente. Muito lentamente... até minha boca chegar tão perto de seu pescoço que ela nem tem como perceber se estou encostando em sua pele ou não.

— Preciso perguntar três coisas antes de a gente fazer isso — digo, baixinho, mas sério.

Eu me afasto só o suficiente para vê-la engolir em seco delicadamente.

— Antes de a gente fazer o quê? — pergunta ela, um pouco hesitante.

Levo a mão até sua nuca, afasto-me de seu pescoço e posiciono meus lábios bem perto dos seus.

— Antes de a gente fazer o que quer fazer. Antes de eu me aproximar mais um centímetro. E antes de você abrir os lábios o suficiente para que eu possa roubar o seu gosto. Antes de eu colocar as mãos em seus quadris e inclina-la para trás até que você não possa fazer nada a não ser se deitar.

Sinto a respiração de Six provocando meus lábios, o que é algo tão tentador que preciso me aproximar de sua orelha mais uma vez só para conseguir me afastar de sua boca.

— Antes que eu me deite sem pressa em cima de você e nossas mãos se tornem mais curiosas e corajosas. Antes que meus dedos deslizem por baixo da sua camisa. Antes que minhas mãos comecem a explorar, subindo pela sua barriga, me fazendo perceber que nunca toquei numa pele tão macia quanto a sua.

Ela solta uma arfada e exala tremulamente, o que é quase tão sexy quanto o cumprimento com o punho.

Talvez seja até mais sexy.

— Antes que eu finalmente encoste no seu peito de propósito.

Ela ri, mas sua risada é interrompida quando pressiono o polegar no centro de seus lábios.

— Antes que nossas respirações fiquem aceleradas e nossos corpos comecem a doer porque tudo que estamos sentindo está nos fazendo querer mais e mais um do outro... até o instante em que vou ter que implorar para você não me pedir para ir mais devagar. Então, para isso não acontecer, acabo tendo que afastar minha boca da sua e me obrigar a sair da sua cama. Você se apoia nos cotovelos e fica me observando, desapontada, porque meio que queria que eu tivesse continuado, mas ao mesmo tempo fica aliviada porque não continuei, pois sabe que teria cedido. Então, em vez de ceder, ficamos apenas nos encarando. Ficamos nos observando em silêncio enquanto meu coração começa a se acalmar e nossas respirações ficam mais lentas, mas ainda sentimos esse desejo insaciável, mas estamos pensando com mais lucidez agora que não estou mais em cima de você. Eu me viro, vou até sua janela e vou embora sem nem me despedir, pois nós dois sabemos que se um de nós disser uma palavra... isso vai acabar com nossa força de vontade e vamos ceder. Vamos ceder, e muito.

Levo a mão até sua bochecha. Ela solta um gemido e parece que está prestes a se jogar na cama, então coloco o outro braço ao redor dela e a puxo para perto.

— Então é isso... primeiro as três perguntas.

Eu a solto, me viro imediatamente e dois segundos depois escuto-a cair na cama. Vou até a cadeira da escrivaninha e me sento por duas razões. A primeira é que quero que ela ache que estou falando sério e que tudo que acabei de dizer não me afetou tanto quanto a ela. A segunda é que nunca senti tanto desejo na vida e meus joelhos cederiam se eu não me sentasse.

— Primeira pergunta — digo, olhando-a do outro lado do quarto. Ela está deitada, de olhos fechados, e odeio não poder observá-la mais de perto agora. — Quando é seu aniversário?

— Outubro... — Ela limpa a garganta, ainda se recuperando. — É 31 de outubro. Halloween.

Como é que a data do aniversário pode fazer com que eu me apaixone mais ainda por ela? Não faço ideia, mas é assim que me sinto.

— Segunda pergunta: qual sua comida preferida?

— Purê de batata caseiro.

Eu nunca teria adivinhado. Ainda bem que perguntei.

— Terceira pergunta — digo. — Essa é bem importante. Está preparada?

Ela faz que sim com a cabeça, mas continua de olhos fechados. — Qual objeto nesse quarto revela seu maior segredo?

Assim que a pergunta sai da minha boca, Six fica completamente paralisada. Ela para de respirar de forma exagerada e fica imóvel por quase um minuto antes de se levantar e se sentar na beirada da cama, de frente para mim.

Precisa ser algo dentro desse quarto?

Faço que não com a cabeça devagar.

Ela ergue a mão e encosta um dedo no coração, apontando para ele.

— Aqui — sussurra ela. — Meu maior segredo está aqui dentro.

Seus olhos estão marejados e, de alguma forma, com essa resposta o clima entre a gente se transforma no mesmo instante. De uma maneira perigosa. De uma maneira apavorante. Porque parece que o ar dela se fundiu com o meu e de repente fico querendo respirar menos só para que ela nunca fique sem ar.

Me levanto e vou até a cama. Seus olhos me acompanham até eu ficar bem na frente dela.

— Levante-se.

Ela se levanta lentamente.

Toco seu cabelo com ambas as mãos até segurar a parte de trás de sua cabeça. Fico encarando Six até meu coração não aguentar mais, depois pressiono meus lábios nos dela. Já perdi a conta de quantas vezes eu a beijei nesse dia. Toda vez que a beijo, sinto algo completamente novo. O mais perto que já senti disso foi no dia em que fingi estar apaixonado pela garota no armário. Mas nem mesmo aquele dia, que eu achava que seria o melhor dia da minha vida, se compara a isso.

Sua boca está quente e convidativa e todas as outras coisas de sempre quando a beijo, mas também é bem mais do que isso. O fato de ela me afetar tanto após apenas um dia me deixa totalmente apavorado.

Um dia.

Estou fazendo isso com ela há um dia e não faço ideia do que está acontecendo. Não sei se é lua cheia ou se meu coração está tomado por um tumor ou se ela é mesmo uma bruxa. Seja lá qual for o motivo, isso não explica como é que coisas desse tipo podem existir entre duas pessoas com tanta rapidez... e durar.

Sinto como se no fundo eu soubesse que ela é boa demais para ser verdade. Minha mente e meu corpo inteiro sabem isso, então eu a beijo com mais intensidade, tentando me convencer de que isso é real. Não é um conto de fadas qualquer. Não é um faz de conta.

Isso é a realidade, mas nem mesmo na nossa realidade imperfeita as pessoas se apaixonam desse jeito. Elas não têm sentimentos tão fortes assim por alguém que mal conhecem.

A única coisa que meu raciocínio está provando para mim agora é o quanto eu preciso agarrá-la com força e me segurar nela, pois onde quer que ela vá eu também vou querer ir. E nesse momento ela está indo para trás, acomodando-se na cama. Estou me deitando em cima dela, da mesma forma que disse que aconteceria. E estamos nos beijando assim como eu disse que faríamos, mas dessa vez é com um pouco mais de empolgação, de carência e puta merda.

A pele dela.

É mesmo a pele mais macia que já toquei.

Tiro a mão de sua cintura e enfio os dedos por debaixo de sua camisa, seguindo devagar em direção à sua barriga.

Ela afasta minha mão.

— Daniel.

Ela se levanta, e saio de cima dela no mesmo instante. Sua respiração está tão ofegante que prendo minha própria respiração, com medo de estar monopolizando o ar dela.

Ela parece arrependida e envergonhada por ter me pedido para parar de repente. Ergo a mão e aliso sua bochecha para tranquilizá-la.

Meus olhos analisam suas feições, observando seu jeito nervoso. Six está com medo do que pode acontecer entre a gente. Dá para ver no rosto dela e pela maneira como está olhando para mim que tem tanto medo quanto eu. Seja lá o que exista entre nós, é algo que nenhum dos dois estava procurando. Nem sabíamos que algo assim existia. E não estávamos preparados, mas sei que é o que queremos. Six quer tanto quanto eu que isso dê certo, e a expressão nos olhos dela me faz acreditar que vai mesmo dar certo. Nunca acreditei tanto em algo quanto acredito em nós dois.

Pela maneira como ela está me olhando, percebo que me deixaria beijá-la se eu tentasse. É quase como se ela estivesse dividida entre a garota que era antes e a que é agora, e ela tem medo de ceder se eu tentar beijá-la outra vez.

E tenho medo de que, se eu não me levantar e for embora agora, vou acabar deixando que ela ceda.

Nem precisamos dizer nada. Ela nem precisa me pedir para ir embora, pois sei que é isso que devo fazer. Balanço a cabeça, respondendo em silêncio à pergunta que não quero que ela faça. Começo a sair da cama, e um agradecimento silencioso surge em seus olhos. Eu me levanto, afasto-me e saio pela janela sem dizer uma palavra. Ando alguns metros até alcançar a parede de sua casa, me encosto nela e deslizo até o chão.

Inclino a cabeça para trás e fecho os olhos, tentando entender o que foi que eu fiz certo na vida para merecê-la.

— O que diabos está fazendo? — pergunta Holder.

Olho para cima e vejo que ele está com metade do corpo para fora da janela de Sky. Após sair, ele se vira e fecha a janela.

— Estou me recuperando — digo. — Estava precisando de um minutinho.

Ele se aproxima e se senta na minha frente, encostando na casa de Sky. Ele ergue as pernas e apoia os cotovelos nos joelhos.

— Já está indo embora? — pergunto para ele. — Não são nem 9 horas ainda.

Ele estende o braço, arranca um pouco da grama e fica brincando com ela na mão.

— Fui expulso pelo resto da noite. Karen entrou no quarto e minha mão estava debaixo da camisa de Sky. Ela não gostou muito disso.

Dou risada.

— Então — diz ele, olhando para mim outra vez. — Você e Six, hein?

Apesar do meu esforço para não sorrir, acabo sorrindo. Abro um sorriso ridículo e balanço a cabeça, concordando.

— Não sei o que é que ela tem, Holder. Eu... É que ela... Pois é.

— Sei o que quer dizer — comenta ele, baixinho, olhando para a grama entre os dedos.

Nenhum de nós diz mais nada por vários minutos até ele soltar a grama e limpar as mãos na calça, preparando-se para se levantar.

— Bem... fico contente por termos tido essa conversa agora, Daniel, mas o fato de a gente ter confessado nosso amor um pelo outro hoje está me deixando um pouco confuso. Nos vemos amanhã. — Ele se levanta e vai em direção a seu carro.

— Amo você, Holder! — grito para ele. — Melhores amigos para sempre!

Ele continua andando para a frente, mas ergue a mão e mostra o dedo do meio para mim.

É quase tão legal quanto me cumprimentar com o punho.

Capítulo Cinco

— Você está errado — diz ela.

Estamos na minha cozinha. Ela se encostou no balcão e estou em pé na sua frente, com os braços nas laterais de seu corpo. Prendo seus lábios com os meus, fazendo-a parar de falar. O beijo nem demora muito, pois Six afasta meu rosto.

— Estou falando sério — sussurra. — Acho que eles não gostam de mim.

Ergo a mão e a coloco em sua nuca, olhando-a bem nos olhos.

— Eles gostam de você. Juro.

— Não, não gostamos — diz meu pai ao entrar na cozinha. — A gente não suporta ela. Na verdade, estamos torcendo pra que você nunca mais a traga aqui. — Ele enche o copo de gelo e volta para a sala.

O olhar de Six o acompanha enquanto ele vai embora. Depois ela me encara, com olhos arregalados.

— Está vendo? — pergunto, sorrindo. — Eles adoram você. Six aponta para a sala.

— Mas ele acabou de...

Meu pai a interrompe ao voltar para a cozinha.

— Estamos brincando, Six — diz ele, rindo. — É uma piada interna. Na verdade, gostamos muito de você. Tentei dar a Danny-boy o anel da vovó Wesley hoje, mas ele disse que é cedo demais para você entrar pra família.

Six ri na mesma hora em que suspira, aliviada.

— Pois é, talvez seja mesmo. Estamos juntos há apenas um mês. Acho que a gente devia esperar pelo menos mais duas semanas antes de falar em casamento.

Meu pai aproxima-se, entrando na cozinha, e se encosta no balcão na nossa frente. Fico um pouco constrangido por estar tão perto de Six, então vou para o lado dela e também me apoio no balcão.

— Você veio pra cá só pra dizer coisas que vão me envergonhar? — pergunto.

Sei que é por isso que ele está parado aqui. Dá para ver o brilho em seus olhos.

Ele ri e toma um gole do chá. Depois franze o nariz.

— Que nada — diz ele. — Eu nunca faria isso, Danny-boy. Não sou o tipo de pai que conta para a namorada do filho que ele só fala dela. Eu também nunca diria para a namorada do meu filho que sinto orgulho dela por não ter transado com ele ainda.

Puta merda. Solto um gemido e dou um tapa na minha própria testa. Lógico que eu não devia ter trazido Six para cá.

— Você conversa com ele sobre a gente não ter transado ainda? — pergunta Six, completamente envergonhada.

Meu pai balança a cabeça.

— Não, não precisa. Sei porque toda noite quando chega em casa ele vai direto para o quarto e passa meia hora no banho. Já tive 18 anos.

Six tapa o rosto com as mãos.

— Ai, meu Deus. — Ela olha para meu pai por entre os dedos. — Acho que agora já sei de quem Daniel herdou a personalidade.

Meu pai assente.

— Nem me fale. A mãe dele é muito indecente.

Nessa hora, minha mãe e Bolota entram em casa com o jantar. Fulmino meu pai com o olhar, vou até minha mãe e pego as caixas de pizza. Ela guarda a bolsa, aproxima-se de Six e dá um breve abraço nela.

— Peço desculpas por não ter cozinhado pra você. Hoje o dia foi corrido — justifica minha mãe.

— Tudo bem — responde Six. — Nada como uma conversa inapropriada enquanto comemos pizza.

Observo minha mãe se virar e lançar um olhar para meu pai.

— Dennis? O que andou aprontando?

Ele dá de ombros.

— Só estou dizendo para Danny-boy que eu nunca o envergonharia na frente de Six.

Minha mãe ri.

— Bem, se não está envergonhando seu filho, tudo bem. Seria péssimo se Six ouvisse falar dos banhos demorados que ele toma todas as noites.

Dou um soco na mesa.

— Mãe! Meu Deus!

Ela ri e meu pai pisca para ela.

— Já contei isso.

Six vai até a mesa, balançando a cabeça.

— Seus pais realmente fazem você parecer o maior cavalheiro. — Six se senta à mesa e eu me sento na cadeira ao lado.

— Me desculpe — sussurro para ela, que olha para mim e sorri.

— Está brincando, né? Estou adorando isso.

— Por que você sentiria vergonha de tomar banhos demorados? — pergunta Bolota para mim, sentando-se na frente de Six.

125

— Na minha opinião, querer ficar limpo é uma coisa boa. — Ela pega uma fatia de pizza e dá uma mordida, mas de repente seus olhos se apertam e ela larga a pizza no prato. Pela expressão em seu rosto, Bolota acabou de entender o significado dos banhos demorados. — Ah, eca. Eca! — diz, balançando a cabeça.

Six começa a rir e eu apoio a testa na mão, convencido de que esses foram os cinco minutos mais constrangedores e vergonhosos da minha vida.

— Odeio todos vocês. Todos. — Lanço um rápido olhar para Six. — Menos você, linda. Não odeio você.

Ela sorri e limpa a boca com o guardanapo.

— Sei exatamente o que quer dizer. Também odeio todo mundo.

Assim que as palavras saem de sua boca, ela desvia o olhar como se não tivesse acabado de esmurrar minha barriga, arrancar minhas entranhas do corpo e as esmagar no chão.

Também odeio todo mundo, Cinderela.

As palavras que eu disse naquele dia dentro do armário estão ecoando na minha cabeça.

Não é possível.

Não é possível que eu não tenha percebido que ela é a Cinderela.

Levo as mãos ao rosto e fecho os olhos, me esforçando bastante para tentar me lembrar de alguma coisa daquele dia. Da voz, do beijo, do cheiro dela. Da maneira como sentimos uma ligação quase imediata.

A risada dela.

— Você está bem? — pergunta Six depressa.

Ninguém além dela consegue perceber que algo importantíssimo está acontecendo comigo agora. Six percebe porque estamos em sintonia. Percebe por causa dessa ligação implícita que existe entre a gente. A ligação que surgiu desde o segundo em que coloquei os olhos nela no quarto de Sky.

A ligação que surgiu desde o segundo em que ela caiu em cima de mim no armário dos zeladores.

— Não — digo, baixando as mãos. — Não estou bem. — Seguro na beirada da mesa e me viro lentamente para ela.

Cabelo macio.

Boca incrível.

Beijo fenomenal.

Minha boca está seca, então pego meu copo e tomo um grande gole de água. Bato o copo de volta na mesa e me viro para ela. Tento não sorrir, mas tudo isso está me deixando um pouco confuso. Perceber que a garota por quem eu queria ter conhecido no passado é a mesma garota por quem me sinto grato por ter na vida agora é um dos melhores momentos da minha vida. Quero contar para Six, quero contar para Bolota, quero contar para os meus pais. Quero subir no teto de casa, gritar para todo mundo e publicar isso em todos os jornais.

A Cinderela é Six! Six é a Cinderela!

— Daniel, você está me deixando assustada — diz ela, me observando enquanto meu rosto fica mais pálido e meu coração acelera.

Olho para ela. Olho para ela de verdade dessa vez.

— Quer saber por que ainda não dei um apelido pra você?

Ela parece confusa por ser isso que decido falar no meio do meu surto silencioso. Faz que sim com a cabeça cuidadosamente. Ponho uma das mãos no encosto de sua cadeira e a outra à sua frente, em cima da mesa. Em seguida, me inclino para perto dela.

— Porque eu já tinha te dado um, Cinderela.

Eu me afasto um pouco e observo seu rosto com atenção, esperando a ficha cair. A lembrança. A compreensão. Ela está prestes a se perguntar como pode não ter percebido isso, assim como eu fiz.

Ergue o olhar até encontrar o meu.

— Não — diz ela, balançando a cabeça.

Faço que sim com a cabeça, lentamente.

— Sim.

Ela ainda está balançando a cabeça.

— Não — repete ela, com mais certeza. — Daniel, é impossível que isso...

Não a deixo terminar a frase. Agarro seu rosto e lhe dou o beijo mais intenso que já dei. Não estou ligando para o fato de estarmos à mesa de jantar. Não me importo com os gemidos de Bolota. Não me importo com minha mãe pigarreando. Continuo beijando-a até ela começar a se afastar de mim.

Six está empurrando meu peito, então eu me afasto a tempo de ver o arrependimento tomar conta do seu rosto. Me concentro em seus olhos por tempo suficiente para vê-la apertá-los enquanto se levanta para sair da cozinha. Fico observando-a correr para longe e conter o choro tapando a boca com a mão. Continuo sentado até a porta da casa bater e eu me dar conta de que ela foi embora.

Eu me levanto imediatamente. Saio com pressa e vou correndo até seu carro, que está dando ré e se afastando da minha casa Bato o punho no capô enquanto corro até sua janela. Ela não está olhando para mim. Está enxugando as lágrimas, se esforçando para não olhar pela janela enquanto continuo batendo.

— Six! — grito, batendo na janela sem parar.

Vejo-a colocar o carro em drive. Nem penso. Vou para a frente do carro e espalmo as mãos no capô, impedindo-a de ir embora. Fico observando-a fazer tudo que pode para evitar encontrar meu olhar.

— Abaixe o vidro — berro.

128

Ela não se mexe. Continua chorando enquanto foca o olhar em qualquer lugar, menos no que está bem à sua frente.

Eu.

Bato no capô mais uma vez até ela finalmente olhar para mim. Ver sua mágoa me deixa confuso pra caramba. Eu não poderia ter ficado mais feliz por ter descoberto que ela é a Cinderela, mas Six parece ter ficado envergonhada pra cacete por eu ter percebido isso.

— Por favor — digo, me encolhendo ao sentir a dor que acabou de surgir no meu peito. Odeio vê-la chateada e odeio ainda mais que ela esteja chateada por causa disso.

Six põe a marcha em ponto morto, estende a mão para a porta e abaixa o vidro ao seu lado. Ainda não posso garantir que ela não vá tentar ir embora se eu sair da frente do carro. Com cuidado e bem devagar, começo a me aproximar de sua janela, observando-a o tempo inteiro para me assegurar de que não vai acelerar o carro outra vez.

Ao chegar à janela, dobro os joelhos e me abaixo até ficarmos cara a cara.

— Ainda preciso perguntar?

Ela olha para o teto e encosta a cabeça no apoio.

— Daniel — sussurra ela entre as lágrimas. — Você não entenderia.

Ela tem razão.

Ela tem toda a razão.

— Está com vergonha? — pergunto. — Porque transamos?

Ela aperta os olhos ao fechá-los, demonstrando que acha que a estou julgando. Imediatamente, estendo a mão para dentro da janela e faço-a olhar para mim.

— Nem se atreva a ficar envergonhada por causa disso. Nunca. Sabe o quanto aquilo foi importante pra mim? Sabe quantas vezes pensei em você? Eu estava lá. Escolhi fazer aquilo assim como você, então, por favor, não pense nem por um segundo que eu a julgaria pelo que aconteceu entre a gente.

Six começa a chorar mais ainda. Quero que saia do carro. Preciso abraçá-la, porque não consigo vê-la tão chateada assim sem fazer tudo que for possível para que isso passe.

— Daniel, me desculpe — diz ela, soluçando. — Isso foi um erro. Um grande erro. — Ela estende a mão para a marcha e já estou enfiando o corpo dentro do carro, tentando impedi-la.

— Não. Não, Six — imploro.

Ela põe o carro em drive e estende a mão para a porta, colocando o dedo no botão da janela.

Tento me aproximar e beijá-la uma última vez antes que o vidro suba.

— Six, por favor — digo, chocado com a tristeza e o desespero na minha própria voz.

Ela continua subindo a janela até o fim, me obrigando a me afastar. Pressiono as palmas na janela e bato no vidro, mas ela vai embora.

Não posso fazer nada além de observar o carro dela desaparecer pela rua.

O que diabos foi isso?

Passo as mãos pelo cabelo e olho para o céu, confuso com o que acabou de acontecer.

Ela não é assim.

Odeio o fato de ela ter reagido de uma maneira totalmente diferente da minha quando descobriu quem eu era.

Odeio o fato de ela sentir vergonha daquele dia, como se quisesse esquecer que aquilo aconteceu. Como se quisesse me esquecer.

Odeio isso porque fiz tudo que podia para gravar aquele dia na minha memória, algo que nunca tinha feito com nada nem com ninguém.

Six não pode fazer isso. Ela não pode se afastar assim de mim sem nem ao menos dar uma explicação.

130

Capítulo Seis

Não consegui dar uma explicação para meus pais quando voltei em casa para pegar as chaves do carro. Eles pediram desculpas, achando que tinham feito algo errado. Ficaram se sentindo mal por causa das piadas, mas não consegui nem tentar tranquilizá-los de que o problema não havia sido esse. Não consegui fazer isso porque não faço ideia de qual seja o problema.

Mas preciso descobrir isso hoje de qualquer jeito. Agora mesmo.

Estaciono e desligo o motor, aliviado ao ver o carro dela na entrada de casa. Saio do carro, bato a porta e vou na direção da porta de entrada. Antes de chegar à varanda, desvio para a lateral. Pela maneira como saiu lá de casa, sei que ela não entraria pela porta de jeito nenhum. Entraria pela janela.

Chego ao quarto dela e a janela está fechada, assim como as cortinas. O quarto está escuro, mas sei que Six está lá dentro. Não vai adiantar bater, então nem me dou ao trabalho. Ergo a janela e afasto as cortinas para o lado.

— Six — digo com firmeza. — Respeito sua regra da janela, mas agora está sendo impossível fazer isso. A gente precisa conversar.

Nada. Ela não diz nada. Mas sei que está no quarto. Dá para escutar o choro, bem baixinho.— Vou para o parque. Quero que me encontre lá, está bem?

Vários instantes de silêncio se passam até que ela responde:

– – Daniel, vá pra casa. Por favor. — Sua voz está baixa e fraca, mas ouvir a mensagem por trás dessa voz triste e angelical é como ser apunhalado no peito. Eu me afasto da janela e chuto a parede, frustrado. Ou de raiva. Ou de tristeza ou de... *Merda.*

De tudo.

Eu me inclino para dentro do quarto dela e agarro o caixilho.

— Vá me encontrar no maldito parque, Six! — digo, bem alto. Minha voz está com raiva. Eu estou com raiva. Ela está me irritando pra cacete. — A gente não é de fazer esse tipo de coisa. Você não é de fazer esses joguinhos. Você me deve uma explicação, porra.

Eu me afasto da janela e me viro na direção do meu carro. Ando menos de dois metros e minhas mãos começam a subir e descer pelo meu rosto, com vontade de esmurrar o ar à minha frente. Paro de andar e fico sem me mexer por alguns instantes, enquanto tento encontrar paciência. Está em algum lugar dentro de mim.

Volto para perto de sua janela e odeio o fato de agora ela estar chorando bem mais alto, apesar de tentar abafar o som com o travesseiro.

— Escute, linda — digo, baixinho. — Me desculpe por ter falado de forma tão grosseira. E por ter dito palavrão. Eu não devia falar assim quando estou chateado, mas... — Inspiro fundo. — Mas caraca, Six. Por favor. Por favor, vá me encontrar lá no parque. Se não aparecer por lá na próxima meia hora, pra mim já era. Já aturei muito essas palhaçadas com a Val e não vou passar por isso de novo.

132

Eu me viro, e dessa vez consigo chegar até o carro antes de parar e chutar a terra. Volto até a janela dela.

— Não estava falando sério quando disse que pra mim já era se você não aparecer no parque. Se não for, ainda assim vou querer ficar com você. Só vou ficar triste. Porque a gente não faz isso, Six. A gente não foge um do outro. Somos você e eu, linda.

Fico esperando uma resposta por bem mais tempo do que precisava. Ela não fala nada, então volto para o carro, entro e dirijo até o parque, esperando que ela apareça.

* * *

Vinte e sete minutos se passam antes que o carro dela finalmente estacione numa vaga.

Não estou surpreso por Six ter aparecido. Eu sabia que ela viria. Sua reação foi totalmente atípica, e sei que só estava precisando de um tempo para assimilar tudo.

Observo-a se aproximar de mim devagar, sem me olhar nenhuma vez. Ela continua com os olhos fixos no chão até passar direto por mim. Então se senta no balanço ao meu lado, segura as correntes e apoia a cabeça no braço. Fico esperando ela começar a falar, sabendo que provavelmente não vai fazer isso.

E não faz.

Passo as mãos pela corrente até elas ficarem na mesma altura da minha cabeça, em seguida me apoio no braço, imitando a posição dela. Nós dois ficamos encarando em silêncio a noite escura na nossa frente.

— Depois que você foi embora naquele dia — digo. — Eu não sabia direito o que você queria que eu fizesse. Fiquei me perguntando se você também pensava em mim ou se tinha mudado de ideia. Se você queria que eu tentasse encontrá-la.

Inclino a cabeça e olho para ela. Seu cabelo louro está atrás das orelhas e seus olhos estão fechados. Mesmo de olhos fechados dá para ver a mágoa em sua expressão.

— Passei dias me perguntando se você queria que eu fizesse isso. Fiquei esperando e esperando você voltar, mas você nunca voltou. Sei que dissemos que era melhor não saber quem éramos, mas juro que só conseguia pensar em você. Queria tanto que você voltasse que passei o quinto tempo naquela porra de armário todos os dias até o semestre acabar. O último dia de aula foi a pior coisa do mundo. Quando o sinal tocou e tive que sair do armário pela última vez, foi muito ruim. Ruim demais. Eu me senti um imbecil por estar tão obcecado por você. Quando conheci Val, eu me obriguei a sair com ela porque isso ajudava a não pensar no maldito armário o tempo inteiro.

Viro o balanço até ficar de frente para ela.

— Gosto de você, Six. Demais. E sei que isso parece a maior loucura, mas fingir fazer amor com você naquele dia foi o mais perto que já cheguei de realmente amar alguém até agora.

Viro o balanço para a frente e me levanto. Vou até ela, fico à sua frente de joelhos e ponho os braços ao redor de sua cintura. Olho para Six e vejo a mágoa surgir em seu rosto no instante em que encosto nela.

— Six. Por favor, não deixe o que aconteceu entre a gente virar uma coisa negativa. Por favor. Porque aquele dia foi um dos melhores da minha vida. Na verdade, foi o melhor dia da minha vida.

Ela afasta a cabeça do braço e abre os olhos, em seguida olha diretamente para mim. Lágrimas escorrem pelo seu rosto. Meu maldito coração se parte.

— Daniel — sussurra ela entre lágrimas. Ela aperta os olhos e vira a cabeça como se nem conseguisse olhar para mim. — Eu engravidei.

Capítulo Sete

À s vezes, quando estou quase pegando no sono, escuto alguma coisa que me faz despertar imediatamente. Fico prestando atenção, me perguntando se escutei mesmo aquilo ou se foi apenas imaginação. Prendo a respiração e fico imóvel, em silêncio, apenas tentando escutar algo.

Estou em silêncio.

Estou parado.

Estou prendendo a respiração.

Estou tentando escutar alguma coisa.

Estou me concentrando o máximo que consigo com a cabeça encostada nas coxas dela. Nem sei quando foi que a abaixei, mas minhas mãos ainda estão agarrando sua cintura. Estou tentando descobrir se aquelas palavras vão me atingir e golpear meu coração mais uma vez como se ele fosse um saco de pancadas ou se foi apenas minha imaginação.

Meu Deus, espero que tenha sido só minha imaginação.

Uma lágrima que acabou de cair dos olhos de Six atinge minha bochecha.

— Só descobri quando estava na Itália — diz ela, com a voz cheia de vergonha e sofrimento. — Sinto muito, mesmo.

Na minha cabeça, estou contando o tempo que se passou. Contando os dias e semanas e meses e tentando entender o que ela está dizendo, pois é óbvio que não está mais grávida. Minha mente ainda está agitada, fazendo contas, apagando erros, fazendo mais contas.

Ela ficou quase sete meses na Itália.

Sete meses lá, três meses antes de ir para lá e um mês desde que voltou.

É quase um ano.

Minha cabeça está doendo. Tudo está doendo.

— Eu não sabia o que fazer — conta ela. — Não podia criá-lo sozinha. Eu já tinha 18 anos quando descobri, então...

Eu me levanto imediatamente e olho para o rosto dela.

— Ele? — pergunto, balançando a cabeça. — Como sabe... — Fecho os olhos, solto o ar com calma e largo a cintura dela. Eu me levanto e me viro, em seguida fico andando de um lado para outro, assimilando tudo que está acontecendo. — Six — digo, balançando a cabeça. — Eu não... está querendo dizer que... — Paro, me viro e olho para ela. — Está querendo dizer que a gente teve um bebê, porra? Que a gente teve um bebê?

Six começa a chorar outra vez. Até mesmo a soluçar. Porra, não sei nem se ela tinha parado de chorar. Ela faz que sim com a cabeça como se fosse doloroso.

— Eu não sabia o que fazer, Daniel. Fiquei com tanto medo.

Ela se levanta, anda até mim e coloca as mãos nas minhas bochechas delicadamente.

— Eu não sabia quem você era, então não sabia como contar pra você. Se eu soubesse seu nome ou sua aparência, eu nunca teria decidido isso sem você.

Ergo as mãos e afasto as dela do meu rosto.

136

— Não — digo, sentindo o ressentimento surgir dentro de mim.

Estou me esforçando ao máximo para contê-lo. Para compreender. Para assimilar tudo isso.

Mas não consigo.

— Como pôde não me contar? Não é como se você tivesse encontrado um cachorrinho, Six. Isso é... — Balanço a cabeça, ainda sem entender. — Você teve um filho. E nem se deu ao trabalho de me contar!

Ela agarra minha camisa com os punhos cerrados, balançando a cabeça, querendo que eu entenda o lado dela.

— Daniel, é isso que estou tentando dizer! O que eu devia ter feito? Queria que eu colasse cartazes por toda a escola, pedindo informações sobre o garoto que me engravidou no armário dos zeladores?

Olho-a bem nos olhos.

— Sim — respondo, baixinho.

Ela dá um passo para trás, então dou um passo para a frente.

— Sim, Six! É exatamente isso que eu esperava que você fizesse. Você devia ter colado cartazes em todos os corredores, avisado no rádio, colocado uma propaganda numa porra de jornal! Você engravida de mim e só consegue se preocupar com a sua reputação? Está brincando, não é?

Minha mão cobre minha bochecha um segundo após ela me dar um tapa.

A mágoa em sua expressão nem se compara à mágoa no meu coração, então não me sinto mal por ter dito aquilo. Nem quando ela começa a chorar mais intensamente do que eu imaginava que fosse possível.

Ela vai correndo para seu carro.

Eu a deixo ir.

Volto para o balanço e me sento.

Que merda de vida.

Que caralho de vida.

Daniel: Onde você está?
Holder: Acabei de sair da casa de Sky. Quase chegando em casa. O que foi?
Daniel: Chego aí em cinco minutos.
Holder: Está tudo bem?
Daniel: Não.

Cinco minutos depois, encontro Holder no meio-fio, me esperando. Estaciono na lateral da rua, ele abre a porta do carona e entra. Ponho o carro em ponto morto e coloco os pés no painel, olhando pela janela ao meu lado.

Estou surpreso por estar tão furioso. Estou surpreso até por estar tão triste. Não sei como distinguir tudo que estou sentindo para entender o que está me deixando mais chateado. Até agora não sei se é porque não pude fazer parte da decisão que ela tomou ou se é porque ela ficou na situação de ter que tomar uma decisão dessas.

Estou furioso porque não estava lá para ajudá-la. Estou furioso por ter sido tão descuidado a ponto de fazer uma garota passar por isso.

Estou triste porque... caramba. Estou triste por estar com tanta raiva dela. Estou triste por descobrir algo tão avassalador e não poder fazer merda nenhuma a respeito, mesmo se eu quisesse. Estou triste por estar aqui num carro estacionado, prestes a ter um colapso nervoso na frente do meu melhor amigo. E, por mais que eu não queira que isso aconteça, é tarde demais.

138

Esmurro o volante no segundo em que começo a chorar. Esmurro-o várias vezes, sem parar, até o carro começar a me sufocar e eu precisar sair dali o mais rápido possível. Abro a porta, saio, me viro e chuto o pneu. Chuto-o várias vezes seguidas até meu pé ficar dormente, em seguida deixo meu corpo cair no capô, apoiando-me nos cotovelos. Pressiono a testa no metal frio do carro e me concentro em me livrar dessa raiva.

Não é culpa dela.

Não é culpa dela.

Não é culpa dela.

Quando finalmente me acalmo o suficiente para voltar ao carro, encontro Holder sentado em silêncio no banco do carona, me observando com atenção.

— Quer conversar sobre isso? — pergunta ele.

Balanço a cabeça.

— Não.

Ele assente. Deve estar aliviado por eu não querer conversar.

— O que quer fazer? — pergunta ele.

Ponho os dedos ao redor do volante e ligo o carro.

— Qualquer coisa, não me importo.

— Nem eu.

Coloco o carro em drive.

— Podíamos ir para a casa de Breckin e aí você desconta sua raiva no videogame — sugere.

Faço que sim com a cabeça e começo a ir para a casa de Breckin.

— Acho bom não contar pra ele que eu chorei, porra.

Capítulo Oito

— Você está acabado — diz Holder, encostando-se no armário ao lado do meu. — Conseguiu dormir um pouco essa noite?

Balanço a cabeça. Óbvio que não dormi. Como é que eu poderia dormir? Eu sabia que ela não estava dormindo, então jamais conseguiria dormir.

— Vai me contar o que aconteceu? — pergunta ele.

Fecho o armário, mas mantenho a mão em cima dele enquanto olho para o chão e inspiro devagar.

— Não. Sei que normalmente conto tudo pra você, mas isso não, Holder.

Ele bate o punho no armário ao seu lado algumas vezes e se afasta.

— Six também não contou nada pra Sky. Não sei o que aconteceu, mas... — Ele olha para mim até eu fazer contato visual. — Gosto de você com ela. Resolva isso, Daniel.

Ele vai embora e eu tranco o armário. Fico parado ali por mais alguns minutos, esperando mais do que é necessário porque minha próxima aula fica perto do armário de Six. Não a vejo desde que ela foi embora do parque ontem à noite e não tenho muita certeza se quero vê-la. Não tenho muita certeza de mais nada. Tenho tantas

141

perguntas para ela, mas só de pensar em fazê-las sinto uma dor tão grande no peito que não consigo nem respirar, porra.

Depois que o último sinal toca, decido ir para a aula. Até considerei ficar em casa, mas imaginei que seria pior passar o dia inteiro dentro do quarto pensando nisso. Prefiro ocupar a cabeça o máximo que puder hoje, pois sei que preciso confrontá-la assim que as aulas acabarem.

Ou talvez deva confrontá-la agora mesmo, porque, assim que dou a volta no corredor, meus olhos a encontram.

Paro imediatamente e fico observando-a. Só resta Six no corredor. Está parada, virada para o armário. Quero passar por ela antes que me veja, mas não consigo parar de olhá-la. Six parece muito triste e quero tanto correr até lá e abraçá-la, mas... não consigo. Quero gritar com ela, abraçá-la, beijá-la e culpá-la por toda essa mistura de sentimentos que estou tentando entender desde ontem.

Suspiro pesadamente, e ela se vira para mim. Estou distante o suficiente para não escutar seu choro, mas perto o bastante para ver suas lágrimas. Nenhum de nós se mexe. Ficamos apenas nos encarando. Vários momentos se passam e percebo que Six está esperando que eu diga alguma coisa.

Limpo a garganta e começo a me aproximar dela. Quanto mais me aproximo, mais alto seu choro fica. Quando chego a um metro dela, paro. Quanto mais me aproximo, mais dificuldade tenho de respirar.

— Ele... — Fecho os olhos e respiro com calma, em seguida os abro e me esforço ao máximo para completar a frase sem chorar. — Quando você falou que um garoto partiu seu coração na Itália... estava falando dele, não é? Do bebê?

Mal vejo ela assentir, confirmando o que eu achava. Aperto os olhos e jogo a cabeça para trás.

Não sabia que dava para sentir tanta dor assim no coração. Está doendo tanto que dá vontade de enfiar a mão lá dentro e arrancá-lo do peito para que eu nunca mais sinta algo assim.

Não consigo fazer isso. Não aqui. Não podemos discutir esse assunto no corredor do colégio.

Eu me viro antes de abrir os olhos, pois assim não tenho que ver novamente a sua expressão. Vou até minha sala de aula, abro a porta e entro sem olhar para ela.

Capítulo Nove

Não sei por que ainda estou aqui. Não quero ficar e tenho certeza de que vou embora em meia hora. Mas não posso ir embora antes disso, porque tenho medo do que ela vai pensar se eu não aparecer para almoçar com o pessoal. Eu até poderia enviar uma mensagem e pedir pra gente conversar mais tarde, mas nem sei se consigo mandar uma mensagem para ela ainda. Tenho tanta coisa para assimilar que prefiro ignorar tudo até encontrar forças para refletir sobre toda a situação.

Passo pelas portas do refeitório e vou direto para nossa mesa. Não vou conseguir almoçar de jeito nenhum, então nem me dou ao trabalho de me servir de comida. Breckin está sentado no meu lugar de sempre, ao lado de Six, o que provavelmente é uma coisa boa. Não sei se eu aguentaria ficar sentado ao lado dela de qualquer jeito.

Os olhos de Six estão focados no livro à sua frente. Ela não está mais chorando. Eu me sento do lado oposto da mesa e sei que ela sabe que acabei de me sentar, mas Six não desvia o olhar. Sky e Holder estão conversando com Breckin, então fico olhando para eles, tentando encontrar uma brecha para entrar na conversa.

Mas não consigo fazer isso, pois não estou tendo capacidade de prestar a menor atenção. Não paro de lançar olhares para ela, querendo saber se está chorando ou se está olhando para mim. Mas Six não faz nada disso.

— Não vai comer? — pergunta Breckin, roubando minha atenção.

Balanço a cabeça.

— Não estou com fome.

— Você precisa comer alguma coisa — diz Holder. — E acho que um cochilo também faria bem. Talvez devesse ir pra casa.

Faço que sim com a cabeça, mas não digo nada.

— Se for para casa, leve a Six — completa Sky. — Parece que vocês dois estão precisando tirar um cochilo.

Nem me dou ao trabalho de responder. Meus olhos se voltam para Six a tempo de ver uma lágrima cair na página do livro. Ela a enxuga rapidamente e vira a página.

Porra, isso fez com que eu me sentisse o maior merda do mundo.

Continuo olhando para ela, vendo as lágrimas caindo uma por uma nas páginas. A mão dela é rápida para enxugá-las, antes que qualquer outra pessoa perceba, e Six sempre vira a página mesmo que não tenha dado tempo de terminar de ler.

— Levante-se, Breckin — digo. Ele olha para mim inexpressivamente, mas não se mexe. — Quero o seu lugar. Levante-se.

Ele acaba percebendo o que estou dizendo e se levanta depressa. Também me levanto, dou a volta na mesa e me sento perto dela. Quando me sento ao seu lado, ela põe os braços na mesa. Six os cruza e enterra a cabeça na dobra do cotovelo. Observo os ombros dela começarem a tremer e, caramba, não posso deixar que ela continue se sentindo assim de jeito nenhum. Passo um braço ao redor do seu corpo, abaixo a testa até ficar ao lado de sua cabeça e fecho os olhos. Não digo nada. Não faço nada. Fico apenas a abraçando enquanto ela chora nos próprios braços.

146

— Daniel — escuto-a dizer entre lágrimas. Six ergue a cabeça e olha para mim. — Daniel, me desculpe. Me desculpe, me desculpe mesmo. — As lágrimas dela se transformam em soluços e os soluços ficam muito intensos. É tudo muito intenso, porra.

Puxo-a para o meu peito.

— Shh — digo, encostado no cabelo dela. — Não faça isso. Não peça desculpas.

O corpo de Six fica mole apoiado no meu e todo o refeitório começa a nos encarar. Quero abraçá-la e dizer o quanto me arrependo de tê-la deixado ir embora ontem à noite, mas ela precisa de privacidade. Abraço-a com mais força e passo meu braço por baixo de suas pernas. Puxo-a para perto de mim, me levanto e a carrego até o corredor. Continuo andando até dar a volta no corredor e encontrar o nosso armário. Six continua chorando apoiada em meu peito, abraçando-me com força. Abro a porta do armário dos zeladores e a fecho após entrarmos. Dou alguns passos para trás até me encostar nela e deslizo para o chão, ainda com ela nos braços.

— Six — digo, abaixando a boca até seu ouvido. — Quero que tente parar de chorar, porque tem tanta coisa que preciso dizer.

Sinto-a assentir encostada no meu peito e continuo em silêncio, esperando ela se acalmar. Vários minutos se passam até que Six finalmente fique em silêncio, permitindo que eu prossiga.

— Primeiro de tudo, quero me desculpar por ter deixado você ir embora ontem à noite, mas não quero que pense nem por um segundo que foi porque eu estava julgando suas escolhas. Está bem? Não sou capaz de me colocar no seu lugar e dizer que você escolheu mal, pois eu não estava lá e não faço ideia de como deve ter sido difícil pra você.

147

Ajusto a posição de Six e estendo as pernas para que ela seja obrigada a se sentar e me olhar. Puxo uma de suas pernas para o outro lado do meu corpo, até que ela fique de frente para mim.

— Foi só porque estou triste, está certo? Foi só isso. Tenho que ficar triste com isso e preciso que você me deixe ficar triste porque é coisa demais para eu assimilar num dia só.

Ela pressiona os lábios formando uma linha fina e balança a cabeça enquanto enxugo suas lágrimas com os dedos.

— Tenho tantas perguntas, Six. E sei que vai responder quando estiver pronta, mas posso esperar. Se precisar de mais tempo, posso esperar.

Ela assente.

— Daniel. Ele é seu filho. Vou responder qualquer pergunta que me fizer. Só não sei se você vai querer ouvir as respostas porque... — Six aperta os olhos para conter mais lágrimas.

— Porque acho que fiz a escolha errada e agora é tarde demais. É tarde demais para voltar atrás.

Ela começa a chorar muito mais uma vez, então ponho os braços ao seu redor e a abraço.

— Se eu soubesse que ele era seu ou que eu acabaria encontrando você um dia, nunca teria feito o que fiz, Daniel. Nunca teria dado o bebê para adoção, mas foi o que fiz e agora você está aqui e é tarde demais porque não sei onde ele está e peço desculpas por isso. Meu Deus, me desculpe.

Balanço a cabeça, querendo que Six pare. O que me magoa mais em toda essa situação é vê-la tão triste assim.

— Me escute, Six. — Eu me afasto e a olho nos olhos, segurando seu rosto com firmeza. — Você fez uma escolha por ele. Não por você mesma. Nem por mim. Você fez o que era melhor para o bebê e eu nunca serei capaz de lhe agradecer o suficiente

148

por isso. E, por favor, não pense que isso muda o que sinto por você. Na verdade, isso só prova que não estou louco. Passei o último mês inteiro pensando que meus sentimentos por você não podiam ser reais, porque são muitos e bem intensos. Às vezes intensos demais. Tenho que morder a língua o tempo inteiro quando estou com você porque tudo que ando querendo fazer é dizer o quanto a amo. Mas só faz um mês que nos conhecemos e a única vez que eu disse essas palavras em voz alta para uma garota faz mais de um ano. Bem aqui nesse chão. E você não acreditaria no quanto eu quis que aquele momento entre a gente fosse verdadeiro, Six. Sei que não a conhecia, mas, meu Deus, como eu queria conhecer você. E agora que conheço... conheço de verdade... sei que é real. Eu amo você. E saber o que vivemos no ano passado, e as coisas pelas quais você passou, e que isso a fez ser exatamente quem você é agora... me deixa embasbacado. Fico embasbacado por poder amar você.

Sinto as mãos dela enxugando as lágrimas nas minhas bochechas quando me aproximo para beijá-la. Puxo-a para perto de mim e Six me puxa para perto dela e não planejo soltá-la nunca mais. Beijo-a até suas mãos subirem pelo meu rosto e ela afastar os lábios dos meus. Nossas testas se tocam e Six continua chorando, mas agora suas lágrimas estão diferentes. Sinto como se fossem lágrimas de alívio e não de preocupação.

— Fico tão feliz por ser você — diz ela, ainda com as mãos no meu rosto. — Fico tão feliz por ter sido você.

Puxo-a para perto de mim e a abraço. Abraço-a por tanto tempo que o sinal toca, o corredor se enche e se esvazia e outro sinal toca e ainda estamos sentados juntos, nos abraçando, quando o silêncio volta a reinar no corredor. De vez em quando dou alguns beijos no cabelo dela, aliso suas costas, beijo sua testa.

— Ele se parecia com você — diz ela, baixinho. A mão dela está subindo e descendo pelo meu braço e sua bochecha está encostada em meu peito. — O bebê tinha seus olhos castanhos e era meio careca, mas dava para perceber que ia ter cabelo castanho. A boca era igual à sua. Você tem uma boca linda.

Massageio as costas dela e beijo o topo de sua cabeça.

— Ele já está muito bem de vida — digo. — Herdou a aparência do pai, espero que tenha a atitude da mãe, e vai ter um belo sotaque italiano. O garoto não vai ter problema nenhum na vida.

Ela ri, e escutar esse som faz lágrimas brotarem nos meus olhos imediatamente. Aperto-a com firmeza contra o meu corpo, apoio a bochecha no topo de sua cabeça e suspiro.

— Provavelmente foi melhor que as coisas acontecessem assim — afirmo. — Se tivéssemos decidido ficar com ele, eu arruinaria o garoto com algum apelido idiota. O mais provável seria que eu acabasse o chamando de Peruzinho ou de alguma merda desse tipo. Está na cara que ainda não estou pronto para ser pai.

Six balança a cabeça.

— Você seria um ótimo pai. E, no futuro, Peruzinho vai ser o apelido perfeito para um de nossos filhos. Mas não agora.

Agora sou eu que estou rindo.

— E se só tivermos filhas?

Ela dá de ombros.

— Melhor ainda.

Sorrio e continuo abraçando-a. Depois da noite de ontem e de passar um tempo longe dela, sabendo o quanto Six estava sofrendo, percebi que nunca mais quero me sentir daquele jeito. Nunca mais quero que essa garota se sinta daquele jeito.

— Sabe o que acabei de notar? — pergunta ela. — Que a gente já transou. Estava meio desanimada porque, se transasse

150

com você, você seria a sétima pessoa da lista, o que é muito. Mas você vai ser a sexta, porque já estava na conta e eu nem sabia.

— Gosto do número seis — comenta ele. — É bom ser esse número. É, inclusive, o meu número preferido.

— Não fique animado demais agora que sabe que a gente já transou — diz ela. — Vou fazer você esperar do mesmo jeito.

— Em breve você vai mudar de ideia de tanto que vou encher seu saco — brinco.

Levo uma das mãos para sua cabeça e a seguro enquanto me inclino e a beijo delicadamente. Continuo perto da sua boca e faço uma confissão.

— Não mencionei isso ainda porque estamos juntos há pouco tempo e eu não queria assustá-la. Mas, agora que sei que temos um filho juntos, fico com menos vergonha.

— Ai, não. O que foi? — pergunta ela, nervosa.

— Nós nos formamos em menos de um mês. Sei que você, Sky e Holder estão planejando estudar na mesma universidade em Dallas quando o verão terminar. Eu já tinha feito minha inscrição numa universidade em Austin, mas depois que a conheci também me inscrevi em Dallas. Sabe... caso as coisas dessem certo entre a gente. Não estava gostando da ideia de ficar a cinco horas de distância de você.

Ela inclina a cabeça e ergue o olhar para mim.

— Quando foi que se inscreveu?

Dou de ombros como se não fosse nada de mais.

— Na noite em que Sky fez aquele jantar pra você.

Ela se senta e olha para mim.

— Isso foi vinte e quatro horas depois de sairmos pela primeira vez. Você se inscreveu na mesma universidade que eu quando me conhecia há apenas um dia?

151

Balanço a cabeça.

— Sim, mas tecnicamente eu a conhecia há um ano inteiro. Se pensar dessa maneira, fica bem menos assustador.

Ela ri do meu raciocínio.

— E então? Você foi aceito?

Faço que sim com a cabeça.

— Talvez eu também já tenha combinado de morar com Holder.

Ela sorri, e fico pensando que nunca amei tanto um sorriso.

— Daniel? Isso é sério. Esse nosso namoro. É bem intenso, não é?

Faço que sim com a cabeça.

— Pois é. Acho que dessa vez estamos mesmo apaixonados. Não é fingimento.

Ela assente.

— As coisas estão tão sérias agora entre a gente que acho que chegou a hora de você conhecer todos os meus irmãos.

Paro de assentir e começo a negar.

— Na verdade, acho que estava exagerando. Eu não amo você tanto assim.

Ela ri.

— Não, você me ama, sim. Você me ama tanto, Daniel. Me ama desde o segundo em que deixei você esbarrar em mim por acidente.

— Não, acho que a amo desde que você me obrigou a enfiar a língua na sua boca.

Ela balança a cabeça.

— Não, você me ama desde que deixei você me beijar no meio de um restaurante lotado, do lado de uma fralda suja.

— Não. Amo você desde que a vi entrando no quarto de Sky com aquela colher na boca.

152

Ela ri.

— Na verdade, você me ama desde a primeira vez que disse que me amava, um ano atrás. Bem aqui nesse armário.

Balanço a cabeça

— Eu a amo desde o instante em que você caiu em cima de mim e disse que odiava todo mundo.

Ela para de sorrir.

— Amo você desde o momento em que você falou que também odiava todo mundo.

— Eu odiava todo mundo — digo. — Até conhecer você.

— Eu disse que eu era *inodiável*. — Ela sorri.

— E eu disse que *inodiável* não é uma palavra.

Six foca os olhos nos meus, segura minhas mãos e entrelaça nossos dedos. Ficamos nos encarando como já fizemos várias vezes antes, mas dessa vez sinto em todas as partes de mim. Eu a sinto em todas as partes de mim, e esse é um sentimento novo, forte e intenso, e percebo nesse momento que acabamos de nos tornar muito mais do que jamais seríamos sozinhos.

— Amo você, Daniel Wesley — sussurra ela.

— Amo você, Seven Marie Six Cinderela Jacobs.

Ela ri.

— Obrigada por não acabar se revelando um babaca.

— Obrigado por nunca me pedir para mudar.

Eu me inclino para a frente e beijo o sorriso que acabou de surgir em seus lábios enquanto agradeço silenciosamente ao universo por tê-la devolvido para mim.

Meu anjo, porra.

Epílogo

— O que você tem, hein, Daniel? — pergunta Bolota, batendo a caneta na mesa.

Paro de tamborilar os dedos na superfície de madeira.

— Nada. — Não tinha percebido que meu nervosismo estava tão óbvio. Ainda mais para uma menina de 13 anos.

— Tem alguma coisa errada com você — diz ela, empurrando o dever de casa para o lado e dobrando os braços por cima da mesa, inclinando-se para a frente. — Terminou com a Six?

Balanço a cabeça.

— Não.

— Ela terminou com você?

— Nem a pau — digo, defensivamente.

— Se meteu em encrenca no colégio?

Nego com a cabeça e baixo o olhar para conferir a hora no meu celular. Mais dez minutos e irei embora. Só preciso de mais dez minutos.

— Você a engravidou? — pergunta Bolota.

Lanço um olhar para ela e minha pulsação acelera. Tecnicamente não posso responder que não, porque... bem.

— Ai, meu Deus — diz Bolota. — Você a engravidou? Daniel! Papai e mamãe vão matar você!

Ela afasta-se da mesa no instante em que minha mãe entra na cozinha. Bolota leva as mãos até a boca, sem acreditar, balançando a cabeça, ainda me encarando. Não percebeu que minha mãe está atrás dela.

— Daniel, você é burro? Só tenho 13 anos, mas até eu sei o que é sexo seguro. Meu Deus, não acredito que a engravidou!

Estou balançando a cabeça, transtornado demais para dizer a ela que Six não está grávida. Minha mãe está paralisada, me encarando com os olhos arregalados. Ela cobre a boca com a mão no mesmo instante em que meu pai entra na cozinha. Bolota o escuta e se vira.

— O que foi? — pergunta ele. — Todos vocês parecem ter visto um fantasma.

Antes que eu tenha a chance de me defender ou desmentir as palavras que acabaram de sair da boca de Bolota, minha mãe se vira para meu pai. E aponta para mim.

— Ele a engravidou — sussurra ela, sem acreditar. — Seu filho engravidou a namorada.

Meu pai fica encarando minha mãe em silêncio. Sei que eu devia estar reagindo, negando tudo antes que eles fiquem nervosos demais, mas tecnicamente tudo o que estão dizendo é verdade.

Sim, eu engravidei a Six.

No entanto, isso foi mais de um ano atrás e nenhum deles sabe, e nem precisa saber. Mas Six com certeza não está nada grávida nesse momento. Disso eu tenho certeza. Estamos namorando há mais de três meses e tenho certeza de que vai demorar pelo menos mais três meses antes que ela me deixe partir o pão.

Não gosto dessa analogia. Nem faz sentido.

Afogar o ganso?

Não, isso não é sexy o bastante.

156

Chegar nos finalmentes?

Nada disso. Vai ser mais um começo do que um fim.

Mandar ver?

Não. Brega demais.

Molhar o biscoito?

— Daniel? — pergunta meu pai, me fazendo olhar para ele, que não parece feliz, mas também não parece zangado. O que é estranho, pois acabaram de lhe dizer que provavelmente vai ser avô e só tem 45 anos. Ele está me olhando como se estivesse confuso. — Como é que a Six pode estar grávida? — pergunta ele, balançado a cabeça. — Toda vez que sai com ela, você sempre volta para casa e toma um daqueles banhos constrangedoramente longos.

Meu Deus. Por que essas pessoas continuam tocando nesse assunto?

Olho para Bolota e balanço a cabeça.

— Six não está grávida — digo para todos. — É Bolota que tem uma imaginação muito fértil.

Os três suspiram coletivamente. Minha mãe bate a mão no peito e diz, depressa:

— Ai, meu bom Deus, Jesus Cristo, puta merda, graças a Deus!

Após tantas blasfêmias, ela exala para se acalmar.

Bolota revira os olhos ao perceber que estou dizendo a verdade. Ela se senta no seu lugar na minha frente e puxa o dever de casa para perto outra vez.

— Bem, se ela não está grávida, então por que está tão nervoso?

Ah, é. Essa pequena distração quase me ajudou a esquecer tudo que está prestes a acontecer. Assim que meus planos para essa noite voltarem a invadir minha mente, vou ter que inspirar fundo para lembrar aos meus pulmões que eles precisam de ar.

— O que foi, Danny-boy? — pergunta meu pai. — Ela terminou com você?

Deixo a cabeça cair nas mãos, frustrado por eles estarem sendo tão enxeridos.

— Não — digo, soltando um gemido. — Six não terminou comigo. Também não terminei com ela. Ela não está grávida, não estamos transando, e não me meti numa encrenca no colégio! — Agora estou de pé, andando de um lado para outro. Os três estão me vendo praticamente perder a cabeça. Por fim, me viro de frente para eles com as mãos bem firmes nos quadris. — Só estou surtando um pouco, está bem? Era para eu estar na casa dela agora, porque Six quer que eu conheça seus irmãos. Todos eles. Tipo agora.

Meu pai parece achar isso divertido, o que meio que me deixa furioso.

— Quantos irmãos ela tem? — pergunta minha mãe.

Sua voz está tranquila, como se ela estivesse prestes a dizer as palavras de incentivo de que tanto preciso.

— Quatro. E são todos mais velhos.

A boca da minha mãe se transforma numa linha estreita enquanto ela assente delicadamente.

— Caramba — sussurra ela. — Você está ferrado, Daniel. — Então se vira e vai até a cozinha. Fico imóvel na mesma posição, me perguntando onde seus conselhos foram parar.

Meu pai está balançando a cabeça, ainda com aquele sorriso irritante engessado no rosto.

— Não gosto mesmo da Six — diz ele. — Estou até começando a odiá-la. Já faz três meses e ela ainda não lhe entregou o troféu?

— Para, pai — digo imediatamente. — Você não tem permissão para falar da minha vida sexual. E, mais que isso, não tem permissão para usar essas analogias terríveis quando está falando sobre Six me fazer esperar.

Ele estende as palmas da mão defensivamente.

— Me desculpe. — Ele ri. — Além disso, às vezes esqueço que sua irmã não é adulta. — O pai dá um tapinha no ombro de Bolota. — Desculpe, Bolota. Nunca mais falo na sua frente que a namorada do seu irmão não acha que o sol é para todos — Ele puxa uma cadeira e se senta à mesa. Bolota e eu soltamos um gemido na mesma hora.

— Pai — diz ela. — Acabou de estragar o meu filme preferido. Valeu mesmo.

Ele pisca para ela antes de se virar de novo para mim.

— Vai dar tudo certo, Danny-boy. É só não ser você mesmo que eles vão acabar amando você.

Pego meu casaco no encosto da cadeira e o visto ao sair da cozinha.

— Vocês não prestam — murmuro enquanto saio de casa.

* * *

Não me lembro de entrar na casa dela. Não me lembro de nada do que disse enquanto era apresentado a eles. Não me lembro nem de como me sentei à mesa, mas cá estou eu — na cozinha, com os quatro homens mais intimidantes que já conheci me encarando. Eu estava esperando que todo mundo fosse devorar o jantar sem se dirigir a mim diretamente.

Mas isso não durou nem o tempo da primeira garfada.

Um deles acabou de me perguntar quais são os meus planos

para depois da formatura, mas não sei qual dos irmãos é esse. É o mais parecido com Six por ser o único louro, mas também o maior dos quatro. Perto de suas mãos, o garfo parece um palito de dente.

Olho para minhas próprias mãos e franzo a testa, pois elas fazem o garfo lembrar uma espátula. Coloco o talher na mesa antes que percebam como minhas mãos são pequenas perto das de todos eles.

Six bate na minha perna por debaixo da mesa, me lembrando que preciso responder. Limpo a garganta sutilmente.

— Não sei.

Minha voz parece a de uma maldita criança em comparação às deles quatro. Até o momento, eu nunca tinha parado para pensar na minha própria voz ou em como ela deve soar para os outros. Também nunca tinha pensado em como minhas mãos afetam o tamanho do garfo. E também nunca tinha pensado em terminar com Six, mas... que nada. Não me importo com o tanto que eles são assustadores ou quanto me odeiam. Não vou terminar o namoro com Six nem a pau.

— Bem, mas pelo menos você vai para alguma universidade? — pergunta Evan.

O nome de Evan eu sei. Ele é mais ou menos da idade de Six. Também foi o único que sorriu para mim ao se apresentar, então fiz questão de gravar quem ele é. Assim, se os outros três decidirem me atacar, posso gritar o nome de Evan para pedir ajuda, pois ele provavelmente seria o único que me defenderia.

— Vou, sim — digo, confirmando com a cabeça. Finalmente. Uma pergunta que sei responder. — Vou estudar na mesma universidade que Six.

Evan balança a cabeça lentamente, digerindo a resposta com uma colherada.

— E se vocês dois não estiverem namorando depois da formatura? — pergunta o grandão.

— Aaron, cale a boca — diz Six, revirando os olhos. Ela aperta minha perna por debaixo da mesa. — Pare de implicar com ele.

Os olhos de Aaron ainda estão fixos nos meus.

— Acha que estou implicando com você? — pergunta ele, friamente. — Pensei que estivéssemos apenas tendo uma conversa educada.

Engulo o nó na minha garganta e balanço a cabeça.

— Está tudo bem — digo. — Eu entendo. Tenho duas irmãs. Tudo bem que uma é mais velha do que eu, mas mesmo assim fico enchendo o saco dos babacas que ela leva lá para casa. E Bolota nem se fala. O primeiro garoto que ela levar para casa não vai ter nenhuma chance. Eu já o odeio, e olha que ele provavelmente ainda nem sabe que ela existe.

O irmão que está sentado na minha frente abre um leve sorriso. Pode ser só minha imaginação, mas pelo menos ele não está mais carrancudo.

— Bolota? — pergunta Aaron. — Six disse que você dava apelidos para as pessoas. É assim que chama sua irmãzinha?

Faço que sim com a cabeça.

— E você chama Six de quê? — pergunta o irmão na minha frente.

Tenho quase certeza de que o nome dele é Michael. E tenho cinquenta por cento de chance de estar certo, considerando que o irmão na ponta da mesa também pode ser Michael. É isso ou Zachary.

Six esbarra na minha perna novamente e percebo que ainda não lhe respondi.

— Cinderela — desembucho.

161

Agora todos estão me encarando, esperando uma explicação. Acho que prefiro não dar uma. Como contar para quatro irmãos que você chama a irmãzinha deles de Cinderela porque fez sexo casual e intenso com ela no armário dos zeladores do colégio?

— Por que a chama assim? — pergunta Aaron. Ele se vira para o irmão na ponta da mesa. — Zach, você não tinha uma tartaruga chamada Cinderela?

Zach. Zach é o mais quieto de todos.

Ele balança a cabeça.

— Ariel — diz ele, corrigindo o irmão. — Eu gostava da Pequena Sereia.

— Você ainda não respondeu. Por que a chama de Cinderela? — quer saber o irmão, que, por eliminação, agora presumo que seja Michael.

Six ri baixinho, e sei que ela está achando isso extremamente divertido, embora eu preferisse me engasgar com um osso do peru e morrer para acabar com esse sofrimento.

— Chamo-a de Cinderela porque, na primeira vez que botei os olhos nela, a achei tão linda que não podia ser real. Garotas como ela só existem em contos de fada e fantasias.

Estou orgulhoso da minha própria resposta. Não sabia que conseguia mentir tão bem sob tanta pressão.

O irmão mais quieto endireita a postura. Zach.

— Então está dizendo que tem fantasias com nossa irmã? Mas que diabos...

— Meu Deus, Zach! — grita Six. — Pare com isso! Vocês todos, parem! Estão fazendo esse interrogatório todo só para se divertir.

Os quatro começam a rir. Evan pisca para mim e todos eles voltam a comer.

162

Continuo sem coragem de segurar meu garfo na frente deles.

— Só estamos enchendo seu saco mesmo — diz Zach, rindo.

— Nunca pudemos fazer isso porque você é o primeiro garoto que Six apresenta para a gente.

Eu me viro e olho para Six. Não sabia desse detalhe, e acho que adorei isso.

— É mesmo? — pergunto a ela. — Você nunca tinha apresentado ninguém para seus irmãos?

Six sorri e balança de leve a cabeça.

— E por que eu faria isso? — retruca ela. — Nenhum outro garoto mereceu conhecê-los.

Puxo-a para perto de mim imediatamente e dou um beijo ruidoso em seus lábios.

— Caramba, eu amo você, garota — digo, encontrando confiança para finalmente segurar o garfo outra vez. Agora parece um garfo, e não uma espátula.

Dou a maior garfada na comida.

Os quatro irmãos ficam me encarando em silêncio.

Os quatro sorrindo.

***

Caio na cama de Sky suspirando profundamente, deitando de barriga para cima ao lado de Holder, que está encostado na cabeceira.

— Estou vendo que sobreviveu ao encontro com os irmãos — diz ele, olhando para mim.

— Foi por pouco. Mas acho que no fim acabaram gostando de mim.

— Como conseguiu isso? — pergunta Sky.

Ela está sentada do outro lado de Holder, mexendo no celular.

— Dei apelidos para todos. Eles me acharam bem engraçado.

Holder ri.

— Só você mesmo, Daniel.

— Cadê a Six? — pergunta Sky.

— Ela não estava a fim de passar aqui. — Eu me levanto. — Só queria que Holder soubesse que ainda estou vivo. Vou voltar para lá.

Antes de retornar para a janela do quarto dela, vejo que Sky está emburrada. Não gosto disso, pois ela nunca fica assim. É uma das pessoas mais felizes que já conheci.

Pensando bem, também não gostei do fato de Six não querer vir para cá essa noite. Foi estranho, pois ontem ela também não quis.

Percebo que tem alguma coisa de errado entre as duas.

— O que aconteceu, Peitinho de Queijo?

Seus olhos encontram os meus e ela força um sorriso.

— Nada.

Dou um passo de volta para perto da cama.

— Isso é papo furado — digo. — Quando foi que falou com a minha namorada pela última vez?

Sky baixa o olhar para o telefone novamente e dá de ombros.

Holder vê o que percebi e passa o braço ao redor dela.

— Ei — diz ele, querendo tranquilizá-la. — O que foi, linda?

Ele a puxa para perto e beija a lateral de sua cabeça no instante em que uma lágrima cai dos olhos dela. Sky levanta a mão rapidamente para enxugá-la, mas Holder percebe. Ele endireita a postura e se vira para ela na mesma hora em que volto a me sentar na cama.

— Sky, o que aconteceu? — pergunta Holder, querendo que ela olhe para ele.

164

Ela dá de ombros, balançando a cabeça.

— Não deve ser nada — diz Sky. — Tenho certeza de que ela só está cansada ou algo assim.

— Quem está cansada? — pergunto para ela. — Six?

Ela faz que sim com a cabeça.

Essa hipótese me confunde, pois Six não está cansada. Parecia bem essa noite.

— É que ela não vem aqui desde que as férias de Natal começaram, três dias atrás — diz Sky. — Também não me mandou nenhuma mensagem nem retornou minhas ligações. Acho que está puta comigo, mas não tenho ideia do que fiz.

Eu me levanto imediatamente.

— Bem, a gente tem que consertar isso — digo, um tanto em pânico. — Six não pode ficar com raiva de você. Vocês não podem brigar. — Começo a andar de um lado para outro. Holder está me observando, apertando seus olhos intimidantes.

— Daniel, acalme-se. Elas são garotas. Às vezes garotas brigam.

Balanço a cabeça, me recusando a aceitar isso. Volto a andar de um lado para outro.

— Sky e Six, não. Elas não são como as outras garotas, Holder. Você sabe disso. Não brigam. Elas não podem brigar. É para todos nós irmos para a mesma universidade. É para elas morarem juntas. — Fico de frente para Holder, fazendo uma pausa. — Somos um time, cara. Six e eu, você e Sky. Você e eu. Six e Sky. Elas não podem se separar. Não vou deixar que isso aconteça. — Já estou indo para a janela. Sky está implorando que eu não faça um estardalhaço sobre esse assunto, mas agora é tarde demais.

Estou escalando a janela do quarto de Six e meu coração está disparado. Não vou deixar de jeito nenhum que as duas passem outro dia assim.

Six está deitada na cama, encarando o teto. Não se vira para me olhar quando entro no quarto.

— O que aconteceu? — pergunto.

— Nada — responde imediatamente.

Papo furado.

Eu ajoelho na cama e me aproximo até ficar em cima dela, olhando para seu rosto.

— Que papo furado.

Six vira o rosto, então seguro seu queixo e a faço olhar para mim novamente.

— Por que está puta com Sky?

Ela balança a cabeça, e posso ver em seus olhos que não está brava com a amiga.

— Não estou puta com ela — diz, parecendo ofendida.

Queria ficar aliviado com isso, mas está na cara que existe algo a incomodando.

Six parece preocupada. Até mesmo assustada. Estou me sentindo um babaca por não ter percebido isso antes, mas ela estava mesmo mais quieta do que o normal durante o jantar.

E ontem à noite. Ela estava bem quieta ontem à noite.

Merda. Talvez esteja puta comigo.

— Me desculpe — digo.

Six olha para mim, confusa.

— Pelo quê?

Dou de ombros.

— Não sei. Pelo que quer que eu tenha feito. Às vezes digo ou faço alguma merda idiota e só percebo o que estou fazendo quando magoo alguém. Então, se for esse o problema, me desculpe. — Abaixo a cabeça e a beijo. — Me desculpe mesmo.

Ela empurra meu peito e eu me sento em cima dos joelhos.

166

Six puxa o corpo para se sentar na minha frente.

— Você não fez nada de errado, Daniel. Você é perfeito.

Amo essa resposta, mas odeio ainda não saber por que ela está chateada.

— É que... — Sua voz fica mais baixa e ela baixa o olhar para o próprio colo. — Se eu lhe contar uma coisa... você promete que nunca vai contar para o Holder?

Faço que sim com a cabeça imediatamente. Sempre estarei ao lado de Holder, mas nunca quebraria a confiança de Six.

— Prometo.

Seus olhos encontram os meus, e ela está me dizendo silenciosamente que é melhor eu estar falando sério, pois está prestes a me contar algo bem importante.

Não gosto desse olhar. Por sorte, Six sai da cama e vai até a mesa. Pega o laptop e o traz para a cama.

— Quero lhe mostrar uma coisa. — Ela abre o laptop e clica numa tela que estava minimizada antes de virá-la para mim.

— E, por favor, nunca mais toque nesse assunto, Daniel.

Pego o laptop na minha frente e começo a ler.

Palavras como criança desaparecida e recompensa, além de datas, declarações e fotos inundam meus olhos. Fico balançando a cabeça, pois as palavras na tela não fazem nenhum sentido quando associadas à foto da garotinha bem parecida com Sky.

— O que é isso aqui, Six? — pergunto.

Ela pega o laptop de mim.

— Não tenho certeza. Deixei meu computador aqui enquanto estava na Itália. Só faz alguns dias que percebi que isso estava no meu histórico de buscas de vários meses atrás. Não sei o que fazer, Daniel — diz ela, olhando para a tela. — É ela. Essa é Sky. Eu

167

até perguntaria a ela sobre isso, mas acho que, se Sky soubesse, teria comentado alguma coisa comigo.

Ainda estou tentando processar o que acabei de ver no computador e todas as palavras que estão saindo da boca de Six.

— E se foi Karen quem usou meu computador? Ou Holder? Ou uma pessoa totalmente diferente? Não tenho certeza se foi Sky quem procurou isso e tenho medo de tocar nesse assunto e mencionar algo que ela nem quer saber.

Nem hesito. Pego o laptop e me levanto.

— Six? Isso não é algo que se deva guardar para si mesma. Se não contar para Sky agora, nada nunca mais será igual entre vocês duas, porque vai ficar se sentindo culpada demais para conversar com ela. — Seguro sua mão. — Vamos. Vamos arrancar logo o Band-Aid.

Os olhos dela estão arregalados e assustados, mas não me importo. Six não pode ficar escondendo algo assim. E, se essa garotinha for mesmo Sky, ela tem todo o direito de saber.

Nós nos levantamos, mas, antes de alcançarmos a janela, puxo Six para perto e a abraço forte. Beijo o topo de sua cabeça e falo que tudo vai ficar bem.

— Talvez isso não tenha nada a ver com ela — digo. — Pode ser só uma coincidência.

* * *

Estamos parados ao pé da cama de Sky, observando-a. Holder está com o laptop e Sky cobre a boca com a mão. Os dois ficam encarando a tela de olhos arregalados.

Ambos estão em silêncio.

— Sinto muito — diz Six. — Não sei o que é isso nem quem fez essa busca... mas não sabia como contar para você. Também não sabia como não contar para você.

Sky finalmente desvia os olhos do computador, mas eles não se voltam para Six. Eles se dirigem para o rosto de Holder. Ele a encara com calma e exala profundamente, depois fecha o laptop.

A reação dos dois é estranha demais. Eu estava esperando que alguém fosse chorar. Talvez até mesmo gritar um pouco. Ou que talvez eu fosse precisar desviar de objetos sendo arremessados.

Holder empurra o laptop para Six.

— Não precisamos ver isso — diz ele. — Ela já sabe.

Six arfa e eu seguro sua mão. Sky se levanta na mesma hora que Holder. Ela dá a volta em nós dois e põe as mãos nos ombros de Six, olhando-a com calma.

— Eu até teria contado para você, Six — diz ela. — Mas se descobrirem isso... não é apenas minha vida que vai ser afetada. A de Karen também. Foi só por isso que não contei pra você.

Os olhos de Six estão arregalados e tristes, mas dá para perceber que ela também está tentando ser compreensiva.

— Então foi a Karen? — sussurra Six, afastando-se de Sky.

Sky faz que sim com a cabeça.

— Tudo que leu sobre minha infância é verdade — diz ela, e depois olha para Holder pedindo permissão para continuar. Ele assente, mas vira para mim e me lança aquele olhar. O olhar que diz que o que estou prestes a ouvir nunca poderá sair daquele quarto. — Karen fez o que teve que fazer porque meu pai era um monstro — conta Sky. Lágrimas enchem seus olhos e Holder aproxima-se por trás dela e põe as mãos em seus ombros. Ele beija o topo da cabeça dela, puxando-a para o seu peito. — Descobri tudo quando Holder me contou. Enquanto você estava na Itália.

Olho para Holder.

— E como é que você sabia?

Ele fica me olhando em silêncio por alguns segundos. Parece estar arrependido de não ter me contado, mas não o culpo. Nada disso é da minha conta.

— Eu a reconheci. Eu e Les... nós morávamos na casa vizinha à dela antes de nos mudarmos para cá. Nós três éramos amigos. Eu estava lá quando aconteceu.

Six e eu começamos a andar de um lado para outro no quarto. É muita coisa para assimilar. Nem sei se quero saber algo desse tipo a respeito dos dois. É muita pressão... ter um conhecimento assim na minha cabeça. Não gosto do fato de eles saberem que agora eu sei. Gostava de como as coisas estavam ontem. Gostava de como tudo era tão fácil, antes de todas essas informações novas entrarem na minha cabeça. Agora tenho que enterrar tudo e fingir que nada disso existe, mas é algo tão grandioso. É importante demais Sky e Holder confiarem esse tipo de coisa na gente.

— Eu engravidei a Six! — falo sem pensar, me sentindo um tanto aliviado por também contar um segredo a eles. — Ano passado. Ela era a menina do armário — me dirijo a Holder. Já lhe contei sobre ela uma vez, então sei que ele vai entender a que estou me referindo. — Transamos sem nem saber qual era a aparência um do outro. Ela engravidou e descobriu quando estava na Itália. Não sabia quem eu era e ficou com medo, então deu nosso filho para adoção e... pois é — digo, parando para olhar os três. Ponho as mãos nos quadris e respiro para me acalmar. — Nós tivemos um filho.

Todos estão virados para mim. Six está me olhando como se de repente eu tivesse deixado de ser perfeito.

— Daniel? — sussurra ela. — Que porra foi essa?

Ela está puta comigo. Está magoada por eu ter desembuchado assim o maior segredo de sua vida.

Vou até ela e ponho as mãos em seus ombros.

— Tive que igualar o placar. A gente precisava contar para eles. Agora sabemos essa coisa importantíssima sobre os dois e, a não ser que eles soubessem a nossa coisa importantíssima, a relação entre nós quatro não ficaria de igual para igual. Tudo ficaria estranho.

Não sei se o que digo está fazendo sentido para ela.

— Six? — sussurra Sky. — Isso é verdade?

Six afasta-se de mim e olha para baixo. Faz que sim com a cabeça, envergonhada.

— Por que não me contou?

Six volta a olhar para Sky.

— Por que não me contou que o seu nome nem é Sky? — defende-se Six.

Sky balança a cabeça lentamente, entendendo que não pode mesmo culpar Six e que a amiga não pode culpá-la. Agora estamos todos quites. Ficamos parados em silêncio, cada um assimilando tudo que foi revelado.

— Vamos selar a promessa com cuspe — digo. Estendo a palma da mão e cuspo nela. — Nada disso jamais sairá desse quarto. — Estendo a mão entre nós quatro, incentivando-os a fazer o mesmo.

— Não vou trocar cuspe com você — diz Sky com uma expressão de nojo.

Six ergue o olhar para encontrar o meu.

— Nem eu — diz ela, enrugando o nariz.

Balanço a cabeça, confuso.

— É só cuspe — digo. — Você não tem nenhum problema em enfiar a língua na minha boca, mas não quer encostar a mão no meu cuspe?

171

Ela estremece.

— É diferente.

Holder dá um passo para a frente e levanta o dedo mindinho. Dou uma risada.

— Sério mesmo, Holder? Você quer que a gente prometa com nossos mindinhos?

Ele me fulmina com o olhar.

— Quero que saiba que não há nada de errado em segurar o mindinho de outra pessoa — diz ele, na defensiva. — Agora limpa o cuspe da sua mão como um homem e segura a droga do meu mindinho.

Não acredito que vamos fazer uma promessa *de* mindinho. Temos, o quê, cinco anos?

Faço o que ele pediu, enxugo a mão na calça jeans e todos nós damos um passo para perto dele. Unimos nossos mindinhos e nos olhamos nos olhos. Ninguém diz uma palavra, pois não é necessário. Todos sabemos que, não importa o que aconteça, tudo o que descobrimos essa noite a respeito um do outro nunca sairá desse quarto.

Após soltarmos os dedos, damos um passo para trás e ficamos observando o momento em silêncio. Após vários minutos de constrangimento, eu me viro para Six.

— Quer ir se agarrar no parque?

Ela faz que sim com a cabeça e suspira aliviada

— Quero.

Graças a Deus.

Eu me viro para Holder e Sky.

— Ainda está de pé o nosso jantar amanhã na minha casa, não é?

Holder confirma com a cabeça.

— Com certeza. Mas só se pedir para seu pai não mencionar nada vergonhoso.

Será que Holder não aprendeu nada comigo?

— Ele é meu pai, Holder. Se eu pedir, ele só vai considerar isso um desafio.

Holder ri. Dou um passo para a frente e abraço ele e Sky. Estendo o braço para trás e agarro Six, puxando-a para junto de nós. — Melhores amigos para sempre — digo para eles. — Amo vocês pra caramba.

Todos soltam um gemido e se afastam de mim.

— Vá se agarrar com sua namorada, Daniel — diz Holder.

Dou uma piscadela para Six e a puxo na direção da janela.

Sei que não vai ser hoje, mas continuo curioso para saber quanto tempo vai levar até que ela finalmente me deixe estourar sua rolha.

Não. Ainda não parece sexy o suficiente.

Amassar seu hambúrguer?

Meu Deus, não.

Plantar minha flor em seu jardim?

Que porra é essa, Daniel?

Fazer amor com ela?

Sim. Exatamente. *É isso.*

***

FIM

EM BUSCA DA PERFEIÇÃO

Nota para o leitor: este conto baseia-se em personagens de *Em busca de Cinderela* e de *Todas as suas (im)perfeições*. A história vai fazer mais sentido após a leitura de ambos os romances, que são unidos por este conto. Obrigada e boa leitura!

Capítulo Um

Três a zero pra mim — diz Breckin, soltando o controle do Xbox. — Agora preciso mesmo ir embora.

Pego o controle e tento devolvê-lo.

— Só mais uma — digo, ou melhor, *imploro*.

Mas Breckin já está com seu casaco acolchoado ridículo, dirigindo-se à porta do meu quarto.

— Se está tão entediado assim, ligue para o Holder — diz ele.

— Ele foi para o jantar de Ação de Graças na casa do pai ontem. Só vão voltar à noite.

— Então chame a Six para cá. Passei tanto tempo com você hoje que agora só quero te ver de novo depois do Natal. E, que merda, hoje ainda tenho que comparecer a uma dessas merdas de família.

Dou uma risada.

— Você disse "merda".

Breckin dá de ombros.

— Pois é. É Ação de Graças. Tenho uma dessas merdas de família para ir.

— Pensei que mórmons não podiam falar palavrão.

Breckin revira os olhos e abre a porta do meu quarto.

— Tchau, Daniel.

— Pera aí. Você vem sábado?

Quando a gente estava voltando da universidade alguns dias atrás, Holder sugeriu que fizéssemos um jantar de amigos durante o recesso de Ação de Graças. Sky e Six vão cozinhar. *O que significa que a gente vai acabar pedindo pizza.*

— Venho. Mas só se você não ficar falando dos meus erros religiosos.

— Beleza. E nunca mais te chamo de Bambi se você ficar aqui e jogar mais uma partida.

Breckin parece estar de saco cheio de mim. Dá para entender. Estou de saco cheio de mim mesmo.

— Está precisando dar uma saída — diz ele. — Faz doze horas que não para de jogar. Aqui dentro está começando a ficar com cheiro de waffle.

— E por que você fala como se isso fosse ruim?

— Porque é ruim mesmo.

Breckin fecha a porta e fico sozinho outra vez.

Muito sozinho.

Deito no chão do quarto e fico encarando o teto por um tempo. Depois olho meu celular, que não tem nenhuma novidade. Six não me mandou nenhuma mensagem hoje. Também não mandei, mas estou esperando que ela me escreva primeiro. Nos últimos dois meses, as coisas andaram estranhas entre a gente. Eu estava na esperança de que fosse devido ao novo ambiente, com nós dois no primeiro semestre da universidade, mas, dois dias atrás, ela ficou em silêncio durante a viagem para casa. Ontem teve que comparecer a uma *merda de família* e hoje não me chamou para a casa dela.

Tenho a sensação de que vai terminar comigo.

Não sei por quê. Nunca terminaram comigo antes. Fui eu que terminei o namoro com Val. No entanto, acho que é assim que as

180

coisas ficam logo antes do término. Menos comunicação. Menos tempo um para o outro. Menos pegação.

Talvez ela realmente queira terminar comigo e ache que isso prejudicaria nosso incrível quarteto. Fazemos tudo com Sky e Holder agora que estamos todos na mesma universidade. Terminar comigo tornaria a situação constrangedora para todos os três.

Talvez eu esteja pensando demais nesse assunto. Talvez ela esteja só estressada com a universidade mesmo.

A porta do meu quarto se abre e Bolota se encosta no batente da porta, os braços cruzados.

— Por que você está no chão?

— Por que você está no meu quarto?

Ela dá um passo para trás, ficando tecnicamente no corredor.

— É sua vez de lavar a louça.

— Eu nem moro mais aqui.

— Mas veio passar o feriado de Ação de Graças em casa — diz ela. — Está comendo nossa comida, usando nossa louça e dormindo na nossa casa, então tem que ajudar nos afazeres domésticos.

— Você não mudou nadinha.

— Você saiu de casa faz três meses, Daniel. Ninguém muda em três meses.

Bolota sai pelo corredor sem fechar minha porta.

Sinto vontade de correr atrás dela e de discordar sobre isso de as pessoas não mudarem em apenas três meses, pois Six mudou muito nesse curto período. Mas, se eu discordar dela, precisaria dar um exemplo, e não vou falar da minha namorada para Bolota.

Confiro o celular outra vez para ver se não chegou nenhuma mensagem de Six e me levanto do chão. A caminho da cozinha, paro na porta do quarto de Hannah. Ela não vem tanto para casa quanto eu porque estuda no sul do Texas e trabalha em tempo integral.

Eu ainda não arranjei nenhum emprego. O que não é surpresa nenhuma, já que não me candidatei a nenhum.

Hannah está sentada na cama com o notebook no colo. Deve estar fazendo o dever de casa do curso de Medicina ou algo tão responsável quanto.

— Quando você está aqui, alguém te pede para lavar a louça? — pergunto.

Ela me dá uma olhada antes de voltar a encarar a tela do computador.

— Não. Não moro mais aqui.

Eu sabia que ela era a preferida.

— Então por que *eu* tenho que cuidar da casa?

— Nossos pais ainda te sustentam. Você deve isso a eles.

Justo. Continuo na porta, adiando o inevitável.

— O que está fazendo?

— Dever de casa — diz ela.

— Quer fazer um intervalo e jogar videogame comigo?

Hannah me olha como se eu tivesse lhe sugerido que assassinasse alguém.

— E eu *alguma vez* já quis jogar videogame com você?

Solto um grunhido.

— Argh.

A semana vai ser longa.

Holder e Sky voltam hoje à noite, mas vão ficar ocupados até sábado. Breckin tem suas *merdas de família* para fazer. Já consigo sentir o sofrimento inevitável causado por Six, e é por isso que a evitei o dia inteiro. Não quero de jeito nenhum levar um pé na bunda no recesso de Ação de Graças. Nem em nenhum outro momento. Talvez, se eu nunca mais mandar mensagem ou ligar para Six, ela jamais consiga terminar comigo, e assim vou poder continuar vivendo na minha alegre ignorância.

Me afasto da porta de Hannah e vou em direção à cozinha, mas ela me chama de volta. Eu me viro no corredor, e meu corpo está todo mole e prostrado quando reapareço na porta dela.

— O que você tem, hein? — pergunta.

Meus ombros se abaixam, e estou com muita pena de mim mesmo, então suspiro dramaticamente.

— Está tudo errado.

Hannah gesticula na direção do pufe do outro lado do quarto. Eu me aproximo e despenco nele. Não sei por que a deixei me convocar para dentro do quarto, já que ela vai apenas fazer perguntas a que não vou responder. No entanto, é algo que diminui um pouco o tédio que senti o dia inteiro. E também é melhor do que lavar louça.

— Por que você está borocoxô assim? Terminou o namoro com a Six? — pergunta ela.

— Ainda não, mas acho que vai acontecer daqui a pouco.

— Por quê? O que você fez de errado?

— Nada — digo, na defensiva. — Não me lembro de fazer nada, pelo menos. Não sei, é complicado. Nosso namoro inteiro é complicado.

Hannah ri e fecha o notebook.

— *Fazer Medicina* é que é complicado. Namoros são fáceis. Você ama alguém e esse alguém ama você. Se seu namoro não é desse jeito, é só acabar tudo. Simples assim.

Balanço a cabeça, discordando.

— Mas eu amo a Six, e ela me ama, e mesmo assim é muito, muito complicado.

Às vezes vejo uma expressão de entusiasmo nos olhos de Hannah, mas isso parece acontecer nos piores momentos. Como agora, enquanto lhe conto que meu namoro está arruinado.

183

Isso não deveria entusiasmá-la.

— Talvez eu possa te ajudar — diz ela.

— Não pode.

Hannah joga as cobertas para o lado, vai até a porta do quarto e a fecha. Ela se vira e me olha com as sobrancelhas retas, sem expressão de entusiasmo.

— Você não me fez rir nenhuma vez desde que cheguei em casa. Alguma coisa está te fazendo mudar, e, como sua irmã mais velha, quero saber o que é. Se não me contar, vou convocar uma reunião da família Wesley.

— Você não teria coragem.

Odeio essas reuniões. Elas sempre parecem uma intervenção relacionada a mim e ao meu comportamento, quando na verdade deveriam tratar da família inteira.

— Acha mesmo? — diz Hannah.

Solto um grunhido e cubro o rosto com as duas mãos enquanto me afundo mais ainda no pufe. Sendo bem franco, Hannah é a voz mais sensata da família inteira. Talvez ela até seja a *única* voz sensata. Bolota é novinha demais para entender essas questões. Meu pai é imaturo demais, como eu. E minha mãe surtaria se eu contasse a verdade sobre a minha situação com Six.

Eu quero mesmo desabafar, e talvez Hannah seja a única pessoa, além de Sky e de Holder, a quem eu confiaria essa questão. No entanto, Sky e Holder não falam disso, porque fizemos eles jurarem que nunca mencionariam o assunto.

Temo que, se eu não conversar com alguém, eu e Six chegaremos ao fim. E não consigo imaginar uma vida sem Six agora que sei como é a vida com ela.

Expiro pela boca, cedendo.

— Tudo bem. Mas, primeiro, senta.

O entusiasmo de sua expressão reaparece. Ela não apenas se senta na cama; ela salta na cama, ao lado de um amontoado de cobertas, e se senta de pernas cruzadas, ansiosa para escutar o que vou dizer. Depois apoia o queixo na mão, à espera.

Paro um instante e penso em como iniciar a conversa. Em como resumi-la sem entrar em muitos detalhes.

— Vai parecer maluquice — digo —, mas transei com uma garota no colégio, dentro do armário dos zeladores, no penúltimo ano do ensino médio. Eu não sabia quem era nem como ela era, porque estava escuro.

— Não parece maluquice — comenta Hannah. — Parece exatamente algo que você faria.

— Não, a maluquice não é essa. A maluquice é que, depois que fiquei com Six, descobri que *ela* era a garota com quem eu tinha transado no ano anterior. E... bom... ela engravidou. E, como ela não sabia quem eu era, pôs o bebê para adoção. Uma adoção fechada, em que não há nenhuma comunicação com os pais biológicos. Então eu sou pai, mas não sou. E Six é mãe, mas não é. E a gente achou que estava tudo bem, que íamos conseguir superar isso, mas não conseguimos. Ela vive triste. E, como ela vive triste, *eu* vivo triste. E quando estamos juntos, a tristeza é dupla, então nem passamos mais tanto tempo juntos. Agora acho que ela está prestes a terminar o namoro.

Eu me sinto protegido pelo pufe porque estou encarando o teto, e não Hannah. Não quero olhá-la depois de vomitar tudo isso. Mas um minuto inteiro se passa sem que nenhum de nós diga nada; então, por fim, ergo a cabeça.

Hannah continua imóvel como uma estátua, me encarando em choque como se eu tivesse acabado de contar que engravidei

185

alguém. Porque foi exatamente o que aconteceu. E, pelo visto, é um fato muito chocante e por isso ela está me olhando desse jeito.

Dou a ela mais um instante para que assimile tudo. Sei que ela não esperava descobrir que é meio que tia de um sobrinho que nunca vai conhecer; devia estar achando que a conversa seria sobre coisas mais triviais, como a minha falta de comunicação com minha namorada, por exemplo.

— Caramba — diz. — Que... *caramba*. Isso é bem complicado, Daniel.

— Eu avisei.

O quarto fica silencioso. Hannah balança a cabeça, sem acreditar. Abre a boca algumas vezes para falar, mas depois a fecha.

— E agora, o que eu faço? — pergunto.

— Não faço ideia.

Jogo as mãos para o alto, frustrado.

— Achei que você fosse me *ajudar*. Foi por isso que contei tudo.

— Bom, eu me enganei. Isso é... papo *sério*, coisa de adulto. Ainda não cheguei a esse nível.

Jogo a cabeça para trás, apoiando-a no pufe.

— Você é uma péssima irmã mais velha.

— E você é um namorado pior ainda.

Por que sou um namorado ruim por causa disso? Ajeito a postura e me sento na beira do pufe.

— Por quê? O que foi que eu fiz de errado?

Ela balança a mão à minha frente.

— *Isso*. Está evitando Six.

— Estou deixando ela em paz. É diferente.

— Faz quanto tempo que as coisas andam estranhas entre vocês?

Penso nos meses que passamos juntos.

— Foi ótimo no começo. Mas, quando descobri o que aconteceu, as coisas ficaram estranhas por, tipo, um dia. Depois, deixamos pra lá. Ou pelo menos era o que eu *achava*. Mas Six sempre tem uma certa tristeza. Percebo muito isso. É como se ela estivesse se obrigando a fingir que está feliz. E isso só tem piorado. Não sei se é a universidade, se sou eu ou se é tudo pelo que passou. Mas notei que, em outubro, ela começou a inventar mais e mais desculpas para não passar tanto tempo comigo. Six tinha sempre alguma prova, ou algum trabalho, ou estava cansada. Então *eu* comecei a inventar desculpas, porque, se ela não quer ficar comigo, não quero obrigá-la a isso.

Hannah escutou com atenção cada palavra minha.

— Quando foi a última vez que você a beijou? — pergunta ela.

— Ontem. Ainda a beijo e a trato da mesma maneira quando estamos juntos. Mas... é diferente. Mal passamos tempo juntos.

Ela ergue o ombro.

— Talvez Six se sinta culpada.

— Pois é, sei que ela se sente culpada. Tentei explicar que ela fez a escolha certa.

— De repente Six só quer esquecer o que aconteceu e você faz perguntas demais sobre o assunto.

— Eu não faço *nenhuma* pergunta. Jamais. Ela parece não querer falar sobre isso, então não falamos.

Hannah inclina a cabeça.

— Ela carregou seu filho na barriga por nove meses, pôs o bebê para adoção e você não fez nenhuma pergunta sobre isso?

Dou de ombros.

— Eu *quero* perguntar. Mas... não quero que ela se sinta pressionada a reviver tudo aquilo.

Hannah solta um grunhido, como se eu tivesse acabado de dizer algo que a decepcionou.

— O que foi?

Ela olha diretamente para mim.

— Nunca gostei de nenhuma namorada sua antes de Six. Por favor, vá dar um jeito nisso.

— Como?

— *Converse* com ela. Fique do lado dela. Faça perguntas. Pergunte o que pode fazer para ajudar. Pergunte se ela gostaria de conversar sobre o assunto.

Reflito sobre a sugestão. É um bom conselho. Nem sei por que não perguntei diretamente como posso ajudá-la.

— Nem sei por que ainda não fiz isso — admito.

— Porque você é homem, e isso não é culpa sua. É culpa do nosso pai.

Talvez Hannah tenha razão. Talvez o único problema entre mim e Six neste momento seja o fato de eu ser homem, e homens são burros. Levanto do pufe.

— Vou passar na casa dela.

— Vê se não engravida ela de novo, seu imbecil.

Faço que sim, mas não comento com Hannah que eu e Six não transamos desde que começamos a namorar oficialmente. Isso não é da conta de ninguém.

Eu nem pensei nesse assunto. A única vez que transamos foi, sendo bem sincero, a melhor transa da minha vida. Se ela terminar comigo, não vamos poder ter essa experiência de novo. Já pensei tanto em como seria, com tantos detalhes, que tenho certeza de que seria quase perfeito. Agora estou ainda mais desanimado com nosso possível término. Não apenas vou ter de passar minha vida sem Six, mas vou passar o resto da vida sem jamais me interessar por sexo novamente, pois não seria com ela. O único sexo que estou disposto a considerar é o sexo com Six. Ela me arruinou para sempre.

Abro a porta de Hannah para ir embora.

— Lave a louça antes — diz Bolota com a voz abafada.

Bolota?

Eu me viro para inspecionar o quarto de Hannah, procurando onde Bolota pode estar escondida. Vou até as cobertas amontoadas na cama de Hannah e as puxo. Bolota está deitada, a cabeça coberta por um travesseiro.

Mas que porra é essa? Aponto para Bolota enquanto olho para Hannah.

— Ela estava aqui o tempo todo?

— Estava — diz Hannah, dando de ombros com indiferença. — Achei que você soubesse

Passo as mãos no rosto.

— Meu Deus. Mamãe e papai vão me *matar.*

Bolota joga o travesseiro para o lado e se vira para me olhar.

— Eu sei guardar segredo, tá? Desde que você saiu de casa, eu amadureci.

— Dez minutos atrás, você me disse que ninguém é capaz de mudar em três meses.

— Aquilo foi dez minutos atrás — diz ela. — As pessoas podem mudar em três meses e dez minutos.

Nunca que ela vai conseguir guardar esse segredo. Eu jamais deveria ter contado nada para nenhuma das duas. Jogo as cobertas em cima de Bolota de novo e vou até a porta.

— Se alguma de vocês abrir a boca, podem me esquecer para sempre.

— Isso é um incentivo, não uma ameaça — diz Bolota.

— Então se você contar para eles, eu volto para casa. Que tal?

— Vou ficar de bico calado.

Capítulo Dois

Faz muito tempo que não bato à janela do quarto de Six.

Agora ela e Sky moram no mesmo dormitório no campus, mas o quarto fica no quinto andar de um prédio e não consigo escalar uma altura tão grande. Até tentei algumas semanas atrás, porque o toque de recolher do dormitório é às 22h, mas era quase meia-noite e eu queria muito ver Six. Fiquei com medo quando estava no meio do primeiro andar e desci.

Olho a janela do quarto de Sky, mas as luzes estão apagadas. Ela e Holder ainda não chegaram de Austin. Olho a janela de Six, também de luzes apagadas. Tomara que ela esteja em casa. Ela não disse que ia sair.

Mas também não perguntei. Nunca pergunto nada. Espero que Hannah esteja certa e que eu consiga consertar o que quer que haja de estranho entre nós.

Bato levemente à vidraça, na esperança de que ela esteja no quarto. Logo escuto um movimento, e então as cortinas são puxadas para o lado.

Ela ainda parece um anjo, porra. Ainda.

Aceno e ela sorri para mim. Parece realmente feliz em me ver. Seu sorriso elimina a maior parte do meu nervosismo.

Isso sempre acontece. Fico paranoico e preocupado quando estou longe dela, mas, quando estou ao seu lado, ainda consigo perceber o que Six sente por mim. Mesmo quando ela parece triste.

Six abre a janela e se afasta para que eu possa entrar. O quarto está escuro, como se ela estivesse dormindo, mas são apenas 21h.

Eu me viro para ela e a contemplo. Six está de camiseta e com uma calça de pijama com estampa de pizza, o que me faz pensar que nem jantei hoje. E nem me lembrei de almoçar. Não estava com muito apetite.

— E aí, tudo bem? — pergunta ela.

— Tudo.

Ela me encara por um instante e depois deixa escapar uma ponta de constrangimento em seus olhos. Ela volta para a cama e se senta. Dá um tapinha no espaço ao lado dela, então me deito e a olho.

— Eu menti — digo. — Não está tudo bem.

Six suspira com força e depois se abaixa para ficar deitada ao meu lado, mas não se vira para mim. Fica encarando o teto.

— Eu sei.

— Sabe, é?

Ela faz que sim.

— Estava imaginando que você fosse passar aqui agora de noite.

De repente me arrependo de ter vindo até aqui para confrontar a situação, pois confrontá-la significa que alguma ação será tomada e talvez não seja uma ação que eu queira. *Merda. Agora estou com medo.*

— Você vai terminar comigo? — pergunto.

Ela vira a cabeça e me olha com sinceridade.

— Não, Daniel. Deixe de ser imbecil. Por quê? Você vai terminar comigo, é?

— Não — digo na mesma hora. Convicentemente. — Sua imbecil.

Ela dá uma risada. É um bom sinal, mas depois ela desvia o olhar, volta a encarar o teto e não diz mais nada.

— Por que as coisas andam estranhas entre a gente? — pergunto.

— Sei lá — responde ela baixinho. — Também tenho me perguntado isso.

— O que estou fazendo de errado?

— Não sei.

— Mas *estou* fazendo algo de errado? — pergunto.

— Não sei.

— O que posso fazer para ser melhor?

— Eu nem sei se *tem como* você ser melhor.

— Bom, se o problema não sou eu, é o quê?

— Todo o resto? Nada? Sei lá.

— Essa conversa não vai dar em nada — digo.

Ela sorri.

— Pois é, nunca fomos muito de conversar mais a fundo.

Não mesmo. Somos superficiais. Nós dois. Nossas conversas são, na maioria, superficiais. Gostamos de manter tudo leve e divertido porque tudo o que há debaixo da superfície é pesado demais.

— Mas isso não parece estar dando muito certo para a gente, então me diga o que está pensando. Vamos investigar um pouco e resolver isso tudo.

Six vira a cabeça e me olha.

— Estou pensando no quanto odeio as festas de fim de ano — diz ela.

193

— Por quê? É tão bom. Não tem aula, tem comida de sobra, e a gente pode só ficar sentado, se empanturrando na maior preguiça.

Ela não ri. Parece apenas triste. E é então que percebo por que ela odeia as festas de fim de ano, e me sinto um idiota. Quero me desculpar, mas não sei como. Então entrelaço meus dedos nos seus e aperto sua mão.

— As festas de fim de ano te fazem pensar nele?

Ela faz que sim.

— Sempre.

Não sei o que dizer. Enquanto tento pensar numa maneira de fazer com que ela se sinta melhor, Six vira o corpo e fica de frente para mim.

Solto sua mão e toco sua bochecha, acariciando-a com o polegar. Seus olhos estão muito tristes e quero beijar as pálpebras, como se isso fosse acabar com a tristeza que há ali. Mas não vai. Ela está sempre presente, escondida atrás dos sorrisos falsos.

— Você pensa nele em algum momento? — pergunta ela.

— Penso — admito. — Não como você, claro. Você passou nove meses com ele na barriga. Amou ele. Segurou-o no colo. Eu só descobri a existência dele quando já sabia o que tinha acontecido, então não fiquei me sentindo tão vazio quanto você.

Uma única lágrima escorre pela sua face, e fico feliz por estarmos tendo essa conversa, mas ao mesmo tempo me sinto tão, tão triste por ela. Acho que isso a afetou muito mais do que eu havia percebido.

— Queria poder fazer você se sentir melhor — digo, puxando-a para o meu peito. Sempre tento consertar as coisas tristes com humor, mas tenho certeza de que humor não funcionaria nessa situação. — Tenho medo de não saber te fazer feliz.

— Tenho medo de ser triste para sempre.

Também tenho medo de que ela seja triste para sempre. E é claro que aceito qualquer versão de Six possível, esteja ela feliz, triste ou zangada, mas quero que seja feliz pelo bem dela. Quero que se perdoe. Quero que pare de se preocupar.

Six demora um pouco antes de voltar a falar. E, quando fala, a voz sai trêmula:

— Parece que... — Ela suspira fortemente antes de continuar. — Parece que alguém arrancou um pedaço bem do meu peito. E agora existem duas partes de mim que estão desconectadas. Eu me sinto tão desconectada, Daniel.

A confissão dolorosa me faz estremecer. Beijo-lhe o topo da cabeça e simplesmente a abraço. Não sei o que dizer para que Six se sinta melhor. Nunca sei o que dizer. Talvez seja por isso que eu nunca faça perguntas sobre ele, pois sei o fardo que ela carrega e não sei como tirá-lo dela.

— Faz bem para você falar desse assunto? — pergunto. — Você nunca fala.

— Achei que você não quisesse saber.

— Quero, sim. Achei que você não queria falar, só isso. Mas quero mesmo saber. Quero saber tudo o que você quiser me contar.

— Sei lá. Talvez eu fique me sentindo pior, mas às vezes tenho vontade de te contar tudo.

— Então me conta. Como foi? A gravidez?

— Assustadora. Eu mal saía da casa da minha família anfitriã. Agora, quando paro para pensar, acho que estava deprimida Não queria que ninguém soubesse, nem mesmo Sky, porque já tinha decidido que ia colocá-lo para adoção antes de voltar. Então guardei tudo dentro de mim e não contei para ninguém lá de casa porque achei que a decisão seria mais suportável se nenhuma outra pessoa soubesse. Achei que estava tomando uma decisão baseada na coragem, mas agora me pergunto se não foi uma decisão baseada no medo.

Eu me afasto e a olho nos olhos.

— Foi as duas coisas. Você estava com medo *e* sendo corajosa. Mas, acima de tudo, você foi altruísta.

Isso a faz sorrir. Talvez eu esteja fazendo alguma coisa certa. Penso em mais coisas para perguntar.

— Como descobriu que estava grávida? Quem foi a primeira pessoa que soube?

— Minha menstruação estava atrasada, mas achei que tinha sido da viagem e do ambiente completamente novo. Mas, quando a menstruação não veio pela segunda vez, decidi comprar um teste. Eu fiz, e não era um daqueles em que aparece o sinal de mais ou de menos Era daqueles que diz "grávida" ou "não grávida", mas em italiano. E apareceu "*incinta*". Eu não fazia ideia do que significava e fiz o teste no colégio, então não pude usar o celular para pesquisar no Google porque ele estava no meu armário. Depois da última aula, perguntei à professora americana o que significava *incinta*, e, quando ela disse "grávida", comecei a chorar. Então... acho que Ava foi tecnicamente a primeira pessoa para quem contei.

— Como ela reagiu?

— Ela foi incrível. Eu a adorava, e Ava foi a única pessoa para quem contei no primeiro mês. Ela analisou todas as opções comigo. Até me acompanhou quando resolvi contar para a minha família anfitriã. E ela nunca me pressionou, então foi muito bom poder conversar com ela. Quando me decidi em relação à adoção, ela disse que conhecia um casal que estava querendo adotar, mas que eles queriam uma adoção fechada por terem medo de que eu fosse mudar de ideia no futuro. Mas Ava garantiu que o casal era honesto e eu confiei, então ela nos ajudou a arranjar um advogado e ficou do meu lado durante o processo inteiro. E, apesar de conhecer a família anfitriã, ela nunca tentou me persuadir em relação a nada.

Não quero interrompê-la, pois quero saber tudo isso desde o dia em que descobri que Six teve um filho, mas não consigo deixar de lado essa pequena informação que acabou de compartilhar.

— Pera aí — digo. — Essa professora... ela sabe quem adotou o bebê? Não podemos entrar em contato com ela?

Six parece abatida quando pergunto isso. Balança a cabeça.

— Eu aceitei a adoção fechada. Todos nós assinamos o contrato. E, mesmo assim, já liguei para ela duas vezes desde que voltei, implorando para saber alguma coisa. Não há nada que ela possa fazer. Por motivos jurídicos e éticos. É um beco sem saída, Daniel. Sinto muito.

Fico desanimado com a notícia, mas tento não demonstrar. Faço que sim e lhe beijo a testa para tranquilizá-la. Me sinto um imbecil por ter presumido que Six não tinha tentado isso e por eu mesmo não ter tentado *nada*. Nem sequer me ofereci. Agora, quando enxergo a situação como um todo, fico surpreso que ela ainda me ature.

Continuo puxando assunto para que ela não pense na mesma coisa em que estou pensando — no quanto sou um merda.

— Como foi o parto?

— Doeu pra cacete, mas foi bem rápido. Eles deixaram o bebê ficar no meu quarto por uma hora. Fiquei sozinha com ele. Chorei o tempo inteiro. E quase mudei de ideia, Daniel. Quase. Mas não porque achei que seria melhor para ele ficar comigo. Foi porque eu não queria sofrer. Não queria ficar com saudades do meu filho. Não queria sentir o vazio que eu sabia que ia sentir. Mas, por outro lado, eu também sabia que, se ficasse com ele, seria apenas por motivos egoístas. Eu estava preocupada com a maneira como aquilo *me* afetaria. — Ela enxuga os olhos antes de continuar. — Antes de virem buscá-lo, olhei para ele e disse: *Não estou fazendo isso porque não te amo. Muito pelo contrário.* Foi a única coisa que eu disse em voz alta antes de o levarem. Queria ter dito mais.

Sinto lágrimas fazendo meus olhos arderem. Puxo-a para mais perto de mim. Não consigo imaginar como deve ter sido passar por isso. Não consigo imaginar o quanto Six deve ter sofrido esse tempo inteiro. Não acredito que eu estava achando que era por minha causa. Não sou importante o suficiente para fazer uma pessoa sofrer o tanto que sofreu quando foi obrigada a dar adeus ao próprio filho.

— Depois que a enfermeira o levou, ela voltou para o meu quarto e ficou comigo enquanto eu chorava. Ela disse: *Eu sei que hoje é o pior dia da sua vida. Mas, graças a você, hoje é o melhor dia da vida de outras duas pessoas.* — Ela inspira, trêmula. — Isso fez com que eu me sentisse um pouquinho melhor. Foi como se talvez essa enfermeira já tivesse presenciado muitas adoções e soubesse o quanto aquilo era difícil para mim. Senti como se eu não fosse a única mãe que desiste do próprio filho.

Balanço a cabeça, resoluto.

— Você não *desistiu dele*, Six. Odiei essa frase. Você deu uma vida a ele. E deu uma vida aos novos pais dele. A última coisa que você fez foi desistir. Você *resistiu.*

Isso a faz chorar. Muito. Ela se aconchega em mim e eu apenas a abraço e acaricio sua cabeça delicadamente.

— Sei que dá medo não saber que tipo de vida ele tem. Mas você também não sabe que tipo de vida ele teria se você tivesse ficado com ele. Se tivesse escolhido ficar com ele, você sentiria o mesmo medo; ficaria se perguntando se não devia tê-lo deixado com alguém que tivesse condições financeiras melhores. São tantos fatores desconhecidos, e provavelmente eles sempre estarão presentes. Talvez você se sinta desconectada para sempre. Mas você tem a mim. Sei que não posso mudar tudo isso pelo que você passou, mas o que eu *posso* fazer são promessas. E posso cumpri-las.

Ela ergue o rosto do meu peito e me olha com olhos vermelhos e ligeiramente esperançosos.

— Que tipo de promessas?

Afasto o cabelo dela do rosto.

— Prometo que nunca vou duvidar da sua decisão — digo.
— Prometo que nunca vou falar do assunto a não ser que você queira. Prometo que vou continuar tentando te fazer sorrir, mesmo sabendo que isso é um tipo de tristeza que uma piada não conserta. Prometo que sempre vou te amar, não importa o que aconteça. — Pressiono meus lábios nos seus e a beijo, depois me afasto. — Não importa o que aconteça, Six. Não. Importa. O. Que. Aconteça.

Seus olhos ainda estão com lágrimas, e sei que seu coração ainda está cheio de tristeza, mas, em meio a isso tudo, ela sorri para mim.

— Eu não te mereço, Daniel.

— Eu sei — digo, concordando plenamente. — Você merece alguém muito melhor.

Ela ri, e o som da risada preenche meu coração.

— Pelo jeito, vou ter que te aguentar até alguém melhor aparecer por aí.

Também sorrio, e finalmente, *finalmente*, as coisas parecem normais outra vez. Tão normais quanto elas podem ser entre pessoas como Six e Daniel.

— Amo você, Cinderela — sussurro.

— Também amo você. Não importa o que aconteça.

Capítulo Três

Quando voltei da casa de Six ontem, dormi a noite inteira pela primeira vez em um mês. Fui para a cama aliviado por saber que estávamos bem.

Mas acordei hoje me sentindo *não tão bem*.

Sim, nosso namoro parece estável, mas Six está sofrendo. Muito. Fico dizendo a mim mesmo que não há nada que eu possa fazer, mas, depois de acordar inquieto, percebo que é porque não estou nem sequer tentando. Tudo bem, a adoção foi fechada. Tudo bem, as pessoas vão provavelmente bater a porta na minha cara. Mas que tipo de namorado eu seria se nem tentasse melhorar o mundo de Six?

É por isso que passei duas horas ao telefone. Liguei para sete agências de adoção e todas me disseram a mesma coisa. Não podem divulgar nenhuma informação. Mesmo assim, continuo tentando, porque vai que eu encontro uma única pessoa que não siga a ética tão à risca e se disponha a me ajudar?

Eu estava na oitava ligação quando Hannah apareceu. Contei da conversa com Six e de como sinto que preciso fazer mais coisas para tentar descobrir informações sobre quem pode estar com nosso filho, ou ao menos para encontrar alguém que possa nos dizer que ele está bem.

Também contei para Bolota, pois ela é a sombra de Hannah sempre que Hannah vem para casa nos recessos da universidade.

Pensei em não atualizá-las, pois jamais quero que elas falem desse assunto, mas também é bom ter algumas pessoas sabendo a verdade. Além disso, é melhor três cérebros pensando do que um, mesmo que sejam todos da família Wesley.

Até o momento, Hannah ligou para três advogados na Itália. Dois disseram de imediato que não poderiam fazer nada para ajudar. Agora ela está ao telefone com o terceiro.

— Adoção — diz ela, pesquisando algo no Google. — Hum. Italiano. *Adozione?* — Ela espera um instante, depois encara o telefone com uma expressão de desânimo. — Ele desligou na minha cara.

Toda ligação me deixa um pouquinho mais decepcionado do que a anterior.

— Deve ter alguém que possa nos ajudar — diz Hannah.

Ela se deixa cair na minha cama, tão frustrada quanto eu.

Bolota está sentada na minha cadeira da escrivaninha, girando em um círculo.

— E se você estiver mexendo num vespeiro? — diz ela. — Eles quiseram que a adoção fosse fechada por um motivo: não querem que vocês se envolvam.

— Sim, mas porque tinham medo de que ela fosse tomar o bebê de volta — digo. — Mas ela não quer isso. Só quer saber se ele está bem.

— Acho que precisa deixar as coisas como estão — diz Bolota.

Olho para Hannah, esperando que ela não esteja pensando a mesma coisa.

— Costumo concordar com Bolota, mas desta vez estou do seu lado — diz Hannah para mim. — Continue insistindo. Faça mais algumas perguntas para Six, talvez. Alguém tem que saber de alguma coisa. A Itália não é tão grande assim, é?

— A Itália tem sessenta milhões de habitantes — digo. — Mesmo que a gente entrasse em contato com quarenta pessoas por dia, precisaríamos de mais de quatro mil anos para falar com todos os habitantes.

Hannah dá uma risada.

— Fez mesmo essas contas, foi?

Faço que sim pateticamente.

— Ah, merda — murmura ela. — Então não sei. Precisa continuar tentando, só isso. Talvez a família anfitriã de Six saiba quem foi.

Meneio a cabeça.

— Six disse que eles não se envolveram muito. Uma americana que trabalhava no colégio ajudou Six com a adoção. Perguntei a Six se havia alguma maneira de falarmos com ela, mas Six já tentou obter informações com ela mais de uma vez. Ela se recusa a dizer qualquer coisa por motivos jurídicos.

Hannah parece esperançosa.

— Mas ela sabe? De alguém que saiba onde o bebê pode estar?

Dou de ombros.

— Não sei *o que* exatamente ela sabe. Só sei que ela ajudou Six.

— Ligue para ela — diz Hannah.

— Não.

— Por que não?

— Porque Six disse que já tentou. Mais de uma vez. É como falar com as paredes.

— Mas você é irritante. Talvez funcione.

Será que devo me sentir ofendido?

— O que o fato de eu ser irritante tem a ver com isso?

Hannah ergue meu celular e o coloca novamente na minha mão.

— A pessoa precisa ser persistente para ser irritante. Seja persistente com ela.

Encaro meu celular.

— Nem sei para quem ligar. Não sei qual era o colégio.

Hannah me pergunta o nome da cidade em que Six fez intercâmbio e depois anota três números enquanto pesquisa na Internet. Não me lembro do nome da mulher que Six disse que conheceu, mas lembro de ter dito que era americana. Ligo para os dois primeiros colégios, pergunto se há alguma professora americana no corpo docente e ambos dizem que não.

Disco o terceiro número com pouca esperança.

— A senhora fala inglês? — pergunto.

— Falo. Como posso ajudá-lo?

— Estou procurando uma professora. Uma professora americana. Não me lembro do nome, mas preciso falar com ela.

— Temos uma professora americana no corpo docente. Ava Roberts.

— Ava! — grito. *Isso!* Foi esse o nome que Six mencionou ontem à noite. — Isso — digo, tentando me acalmar. Agora estou de pé e nem me lembro de ter levantado. Pigarreio. — Eu gostaria de falar com Ava Roberts, por favor.

— Um instante.

Ela me deixa na espera e meu coração dispara. Uso minha camiseta para secar o suor da testa.

— O que está acontecendo? — pergunta Bolota, parecendo um pouco mais interessada.

— Estou esperando. Mas acho que é o colégio certo.

Hannah leva as mãos à boca bem no momento em que alguém atende do outro lado da linha.

— Ava Roberts falando. Como posso ajudar?

Minha voz sai trêmula quando começo a falar.

— Oi. Olá. — Pigarreio de novo. — Meu nome é Daniel Wesley.

— Ah, um conterrâneo meu — diz. *Ela parece simpática.* — Está querendo se inscrever para o programa de intercâmbio?

— Não. Não, sou universitário. Estou ligando para falar de outro assunto. Talvez seja estranho, não sei.

Há uma pausa.

— Está bem — diz ela lentamente. Ouço o barulho de uma porta se fechando, como se ela estivesse garantindo a privacidade da conversa. — Como posso ajudá-lo?

— Hum. Você se lembra de uma aluna chamada Six Jacobs? Ou talvez ela fosse conhecida como Seven Jacobs.

O fato de ela não responder é o que responde à minha pergunta. Ela certamente sabe de quem estou falando. Isso não quer dizer que vou obter alguma resposta, mas é bom saber que estou no caminho certo.

— Daniel. Foi isso que você disse?

— Foi, senhora.

— Daniel, espero que entenda que não posso falar dos alunos de jeito nenhum. Posso ajudá-lo de alguma outra maneira?

Ela sabe. Ela sabe por que estou ligando. Dá para ouvir o medo na voz.

— Não desligue — imploro. — Por favor. É que... Tá, vou arriscar e supor que a senhora é a professora que ajudou Six a encontrar uma agência de adoção. Ela mencionou que você conhecia um casal que queria adotar, então talvez ainda os conheça. Então você é a única pessoa que pode nos dizer onde está nosso bebê.

Mais silêncio de fazer o coração acelerar.

— Por que me ligou? Não posso discutir esse assunto.

205

— Só queremos saber se ele está bem.

— Foi uma adoção fechada, Daniel. Sinto muito. Por motivos jurídicos, não posso discutir esse assunto com ninguém.

— Eu sei. — Minha voz soa desesperada. Tenho medo de que ela esteja prestes a desligar, então começo a falar mais rápido na esperança de conseguir dizer tudo antes que ela realmente desligue. — A gente sabe que a senhora não pode falar sobre isso. Não queremos contato. Não estou ligando porque queremos o bebê de volta. Quer dizer, se ele não estiver bem, nós queremos, mas se ele estiver feliz e os pais dele estiverem felizes, *nós* ficaremos felizes. A gente só... — Estou me sentindo como um peixe fora d'água. Nervoso. Como se fosse incapaz de pedir uma mísera informação a essa mulher. Mas então penso no que Hannah disse. Ela tem razão. Eu *sou mesmo* irritante. Sou persistente. Expiro pela boca e prossigo. — Ela chora, sabe. Todas as noites. É não saber nada que a deixa arrasada. Não sei se você tem alguma maneira de entrar em contato com as pessoas que o adotaram, mas, se tiver, talvez eles não se incomodassem em apenas mandar um e-mail para ela. Para atualizá-la. Mesmo que *você* responda com somente uma frase, dizendo que ele está bem, tenho certeza de que isso seria muito importante para Six. É tudo que peço. É que... é difícil, sabe? Não saber nada. É bem difícil para ela.

Há um longo silêncio. Um *longuíssimo* silêncio. Fico preocupado achando que ela desligou, então olho o celular, mas vejo que a ligação ainda está acontecendo. Ponho o aparelho no viva-voz e espero. Depois escuto um som que parece um fungado vindo do telefone.

Ela está chorando?

Eu e Hannah nos entreolhamos, e sei que minha expressão deve ser a mesma de choque que vejo em seu rosto.

— Não posso prometer nada — diz Ava. — Posso entrar em contato com a agência de adoção e repassar sua mensagem. Mande

206

suas informações de contato por e-mail, mas... não fique muito esperançoso, Daniel. Por favor. Tudo que posso fazer é tentar levar a mensagem até eles. Não posso prometer que eles vão recebê-la nem que vão se sentir à vontade para responder, caso a recebam.

Aponto agitadamente para minha escrivaninha, gesticulando para que Bolota pegue papel e caneta para mim.

— Tudo bem. — Sei que devo estar parecendo bem desesperado. — Obrigado. *Obrigado*. Você não faz ideia do quanto isso é importante para mim. Para a gente.

— Você já parece entusiasmado — diz a mulher. — Eu disse para não ficar esperançoso.

Pressiono minha nuca.

— Desculpe. Não estou entusiasmado. Quer dizer, estou, mas de maneira realista.

Ela já parece totalmente arrependida de ter topado fazer isso, mas não me importo com o arrependimento dela. Não sinto vergonha nenhuma.

Anoto o endereço de e-mail dela e lhe agradeço mais duas vezes. Quando desligo, eu, Hannah e Bolota nos entreolhamos.

Acho que estou em estado de choque. Não consigo formar nenhuma palavra, nem mesmo pensar direito.

É a primeira vez que acho bom alguém ter me chamado de irritante.

— Caramba — diz Bolota. — E se der certo?

Hannah põe as mãos ao lado da cabeça e exclama:

— Meu Deus! Eu achei mesmo que fosse um beco sem saída.

Extravaso dando murros no ar. Quero gritar, mas nossos pais estão em algum lugar da casa. Puxo Hannah e Bolota para abraçá-las e começamos a pular. Hannah começa a dar uns gritinhos, pois é isso que ela faz quando está empolgada, mas, desta vez, não fico irritado.

— O que diabos está acontecendo?

Nos separamos de imediato. Meu pai está parado na porta, olhando desconfiado.

— Nada — dizemos em uníssono.

Ele ergue a sobrancelha.

— Que mentira.

Ponho um braço ao redor dos ombros de Hannah e outro ao redor de Bolota.

— Estava com saudade das minhas irmãs, pai. Só isso.

Ele aponta para nós.

— Que mentira — repete.

Agora minha mãe está atrás dele.

— O que houve?

— Eles estão felizes — diz meu pai em tom acusatório.

Minha mãe me olha como se ele tivesse surtado.

— Como assim?

Ele gesticula na nossa direção.

— Os três estavam se abraçando e dando gritinhos. Estão aprontando alguma coisa.

Agora minha mãe nos encara suspeitosamente.

— Vocês estavam se abraçando? Tipo, os três? — Ela cruza os braços na frente do peito. — Vocês três nunca se abraçam. O que diabos está acontecendo?

Hannah vai até a porta e sorri para meus pais.

— Com todo o respeito — diz ela —, não é da conta de vocês.

Em seguida, ela bate a porta na cara dos dois.

Não acredito que ela acabou de fazer isso.

Ela tranca a porta e, quando olha para mim e para Bolota, todos caímos na gargalhada. A gente se abraça outra vez e continua nosso momento de comemoração.

208

Meus pais não batem à porta outra vez. Acho que os deixamos extremamente confusos.

Hannah se deita na cama.

— Vai contar para Six?

— Não — respondo de imediato. — Não quero que ela fique esperançosa. Talvez eles nunca entrem em contato conosco. Espero que entrem, mas, como você disse, eles tinham seus motivos para escolher a adoção fechada.

— Pois é — diz ela. — Vai ser um saco esperar.

Vai ser. Sento na minha cama e penso no quanto vai ser um saco. Especialmente se Ava nunca mais der notícias.

Espero que ela saiba que vou telefonar de novo na próxima semana. E na semana seguinte também. E na outra. Vou continuar ligando até ela mudar de telefone ou de nome.

Mas, se alguma dessas duas coisas acontecer, voltarei à estaca zero.

Agora que a energia aqui dentro está se acalmando, começo a assimilar a realidade de toda a situação. Nós três ficamos em silêncio enquanto nossas esperanças diminuem.

— Bom — diz Hannah —, se você não tiver notícias deles em nenhum momento, sempre é possível fazer um daqueles testes de DNA na Internet e esperar que seu filho também faça um quando for mais velho. Sempre há essa opção.

— Pois é, mas aí Daniel jamais poderia cometer um assassinato — diz Bolota. — O DNA dele estaria no sistema para sempre. — Hannah e eu nos entreolhamos. Bolota dá de ombros, indiferente aos nossos olhares desconfiados. — Eu não correria esse risco.

Hannah e eu continuamos encarando-a.

— Você me assusta — digo.

— E o que *me* assusta é a ideia de você ser pai — retruca Bolota.

209

Cubro a boca dela com minha mão e encaro a porta do meu quarto.

— Shh. Talvez eles ainda estejam na porta — sussurro e afasto devagar a mão de sua boca.

Hannah se manifesta de sua posição na cama.

— Puts. Eu nem tinha pensado nisso. Se der certo, você vai ter que contar para os nossos pais.

Eu também não tinha pensado nisso. Mas, se for para descobrir uma informaçãozinha qualquer para Six, vale a pena sentir a raiva dos meus pais.

Bolota começa a rir.

— Cara, você está *mesmo* ferrado.

Hannah também ri. Olho-a com raiva, pois achei que estivéssemos do mesmo lado, mas vejo aquele entusiasmo cruel em seus olhos outra vez.

— Sabe — digo —, por um instante achei que nós três tínhamos ficado mais próximos. Mas agora vejo que vocês duas ainda acham graça do meu possível fracasso.

Abro a porta e gesticulo para que as duas saiam.

— Podem cair fora. Não preciso mais de vocês aqui.

Hannah salta da cama e segura a mão de Bolota, puxando-a da cadeira.

— Queremos que dê certo, Daniel — diz Hannah enquanto sai do quarto. — Mas também queremos ver a merda que vai dar quando nossos pais descobrirem.

— Exatamente — concorda Bolota. — Quero muito ver isso.

Tranco a porta e deixo as duas do lado de fora.

210

Capítulo Quatro

Escolhemos a casa de Sky para o jantar entre amigos porque Karen e Jack passarão boa parte do dia fora de casa. Six me chamou para ajudar a preparar o molho, só que nunca cozinhei na vida, então tenho mais atrapalhado do que ajudado. Sky está encarregada dos cookies, porque, segundo Holder, ela faz os melhores do mundo.

Porém, depois que derrubo o segundo ovo em dois minutos, Six finalmente se arrepende da escolha que fez.

— Vá ficar com Holder e Breckin na sala — diz ela. — Acho que vai ser mais fácil sem você na cozinha.

Não me ofendo, porque é verdade.

Vou para a sala e me sento ao lado de Breckin. Ele está jogando uma partida com Holder.

— Está ganhando, Bambi?

Ele vira a cabeça preguiçosamente e me lança um olhar irritado.

— A gente passou uma semana inteira sem você me chamar disso. Achei que realmente tivesse aprendido alguma coisa na universidade.

— O que é que eu teria aprendido que me faria deixar de te chamar de Bambi?

— Ah, sei lá. A ser educado?

Holder ri da poltrona em que está esparramado. Dou uma olhada feia na direção dele.

— Está rindo do quê, Bafo de Bunda?

— Breckin tem razão — diz Holder. — Às vezes acho que talvez você esteja amadurecendo, mas aí você diz alguma coisa grosseira e vejo que me enganei. Ainda é o mesmo Daniel de sempre.

Balanço a cabeça.

— Achei que você gostava de mim justamente porque nunca mudo. Eu sou eu mesmo o tempo inteiro.

— Acho que esse é o problema — diz Breckin. — Você não evolui. Mas está melhorando. Desde que voltou para casa, não te ouvi dizer nenhuma vez aquela palavra que começa com R de uma maneira pejorativa.

— Que palavra com R? — pergunto, sem fazer ideia do que ele está falando.

Ele começa a soletrar:

— R-E-T-A-R...

Interrompo-o.

— Ah. Essa — digo. — Pois é, aprendi que não devo dizer isso quando uma menina da minha aula de economia me deu a maior cadernada na cabeça.

— Então talvez você ainda tenha jeito — diz Breckin. — Pensando bem, acho que eu te odiava mais na escola. E se parasse de me chamar de Bambi, eu nem te odiaria mais.

— Você não usa o Twitter? — pergunta Holder. — Não vê o que acontece com gente como você?

— Gente como eu?

— Isso. Caras que saem dizendo merda de um jeito insensível por acharem que assim ficam parecendo descolados e despreocupados.

212

— Não acho que eu seja descolado nem despreocupado. Eu não fazia ideia de que era insensibilidade chamar alguém de Bambi.

— Que mentira — diz Holder.

— Tá, talvez eu soubesse — admito, olhando para Breckin. — Mas é só uma brincadeirinha.

— Bom — diz Breckin —, como alguém que se identifica como um homem gay, sinto que é meu dever te ensinar a ser mais sensível. Bambi é um insulto. Assim como a palavra que começa com R. E *a maioria* dos apelidos que você dá aos outros.

— Isso — diz Holder. — Pare de chamar minha namorada de Peitinho de Queijo.

— Mas... é brincadeira. Nem sei direito o que significa Peitinho de Queijo ou Bambi.

Holder vira a cabeça e me olha.

— Eu sei disso. Nem eu sei o que significa. Mas Breckin tem razão. Às vezes você é um babaca, e às vezes devia parar de agir como um babaca.

Merda. Pelo jeito, estou fazendo muitas descobertas sobre o que as pessoas pensam a meu respeito durante este recesso, quer eu queira ou não. Até agora, descobri que sou insensível. Sou um babaca. Sou irritante. Sou homem. *O que mais há de errado comigo?*

— Isso significa que preciso inventar um novo apelido para você — digo para Breckin.

— Pode me chamar só de Breckin mesmo.

Faço que sim.

— Está bem. Por enquanto.

Isso parece satisfazê-lo. Eu me recosto e na mesma hora meu celular toca. Tiro-o do bolso e olho de onde vem a chamada. É um número desconhecido.

Eu me levanto, e parece que meu coração ficou no sofá. Sinto a adrenalina percorrer meu corpo enquanto deslizo o dedo na tela para aceitar a chamada. Talvez seja telemarketing, mas talvez não, então corro pela sala e saio da casa para atender a ligação com privacidade.

— Alô? — Ninguém diz nada, então repito. — Alô? É Daniel. Alô?

Se for mesmo telemarketing, o atendente provavelmente nunca ouviu alguém tão desesperado para falar com um deles.

Um homem pigarreia e depois diz:

— Oi. É Daniel Wesley?

Estou andando de um lado para o outro no jardim, pressionando minha nuca.

— Isso. Quem fala?

— Eu... bom... sou o pai do seu filho.

Paro de andar. Na verdade, abaixo o tronco ao ouvir essas palavras. Parece que meu estômago acabou de cair no chão. Parece que *eu* estou prestes a cair no chão.

Puta. Que. Pariu. Não diga nenhuma idiotice, Daniel. Não estrague tudo.

— Podemos conversar por um instante? — pergunta o homem.

Faço que sim freneticamente.

— Podemos. Lógico. — Vou até a varanda e me sento. Mal consigo sentir minhas pernas. — Obrigado por ligar, senhor. Agradeço muito. Só queria saber como ele está. Ele está bem? Saudável? Está feliz?

Eu provavelmente deveria chamar Six para participar da conversa. Eu me sinto péssimo por estar a metros dela, sem que ela faça a menor ideia de que estou numa ligação com um homem que sabe onde nosso filho está. Mas temo que talvez ele não esteja ligando com boas notícias, então fico sentado até descobrir mais informações.

— Ele... — O homem hesita. Para por um instante. — Escute, Daniel. Eu não te conheço. E não conheço a mãe biológica do meu filho. Mas conheço minha esposa, e ela passou pelo maior inferno. A última coisa que quero é trazer dor ou estresse para a vida dela de novo, pois agora ela está ótima. Preciso saber quais são suas intenções antes de contar para ela que você entrou em contato conosco. Antes que eu decida compartilhar informações com você. Espero que entenda.

— Ela não sabe que você está falando comigo agora?

— Não, não sabe. E ainda nem decidi se vou contar para ela sobre esta conversa.

Ainda.

Eu me concentro nessa palavra. Ela significa que esta ligação é o fator que vai decidir se Six e eu descobriremos o que aconteceu com nosso filho.

Pois é, zero pressão. *Pelo amor de Deus.*

Penso no que Hannah disse. *Seja persistente.*

— Certo. Tudo bem. Meu nome é Daniel. Tenho 19 anos. Minha namorada, Six... ela é a mãe biológica. E... — Eu me levanto de novo, sentindo a pressão de toda a conversa e percebendo quanta coisa depende de mim neste exato momento. — Me desculpe. Preciso de um instante, só isso.

O homem responde:

— Tudo bem. Sem pressa.

Expiro pela boca para me acalmar. Encaro a casa e dou uma olhada em direção à janela da cozinha. Six está lá dentro, sem saber o que está acontecendo aqui do lado de fora. Sem saber que estou falando com um homem que sabe onde o filho dela está.

O *nosso* filho.

Mas sendo bem franco... o filho é dela. É o bebê que ela gestou e carregou por nove meses. É o fardo que ela ainda carrega.

Sei que é meu filho, mas estaria mentindo se dissesse que estou falando com esse homem e sentindo todo esse nervosismo devido a uma criança que nem cheguei a conhecer. Não estou fazendo isso por ele. Tenho certeza de que Six tomou a decisão certa.

Tudo que estou fazendo é por Six. E não quero decepcioná-la. Ninguém jamais precisou tanto de uma coisa quanto Six precisa disso. E, infelizmente, o futuro da felicidade dela está nas minhas mãos. Nas minhas mãos minúsculas.

Expiro pela boca para me acalmar, torcendo para que eu consiga ser o mais sincero possível com o homem.

— Posso fazer uma pergunta? — pergunto.

— Pode.

— Por que o adotou? Você e sua mulher não podem ter filhos?

O homem fica em silêncio por um instante.

— Não, não podemos. Tentamos por vários anos, e depois minha esposa fez uma histerectomia.

Pela sua voz, consigo perceber o quanto foi difícil dizer essas palavras, e viver a situação deve ter sido pior ainda. Penso que sua esposa passou pelo mesmo sofrimento de Six.

— Você teria continuado casado com ela de todo jeito? Mesmo que não tivessem adotado um bebê?

— Sem dúvida — diz ele. — Ela é o amor da minha vida. Mas essa criança é muito importante pra gente, então se está pensando em tentar...

— Escute — digo. — Six é o amor da *minha* vida. Sei que só tenho 19 anos, mas ela é a melhor coisa que já me aconteceu. E vê-la triste é... é insuportável, cara. É insuportável pra caralho.

Ela só precisa saber que ele está bem. Precisa saber que tomou a decisão certa. E eu estaria mentindo se eu dissesse que também preciso disso, porque não preciso. Não tanto quanto ela. Só quero que ela se sinta completa de novo. Isso a destruiu. E se ela não souber que seu filhinho está saudável e feliz, acho que ela jamais vai se curar. Pronto, acho que é só isso que estou pedindo. Quero vê-la feliz, e neste momento você e sua esposa são literalmente as únicas duas pessoas no mundo capazes disso.

Pressiono a mão na testa. Não devia ter falado palavrão. Eu disse *caralho*, o que provavelmente o irritou. Eu me sinto como o adolescente imaturo que ainda sou enquanto converso com esse homem.

Há um longo silêncio, mas sei que ele ainda está ao telefone porque o escuto suspirar fortemente. Em seguida, ele diz:

— Vou falar com minha esposa. Vou deixar a decisão nas mãos dela, e vou apoiar o que quer que ela decida. Tenho seu contato. Se não tiver nenhuma notícia nossa, peço que esqueça tudo. Por mais que eu queira te ajudar, não posso prometer nada.

Dou um murro no ar. Tento não soar entusiasmado demais quando respondo:

— Está bem. Obrigado. Era só isso que eu esperava. Obrigado.

— Daniel? — diz ele.

— Pois não?

— O que quer que aconteça... *obrigado.*

Ele não falou nenhuma palavra sobre o nosso filho, mas o obrigado disse tudo. Então nosso mininiho deve estar bem e trazendo alegria para eles dois.

Ele desliga depois de dizer isso.

E o que me resta é esse vazio que sinto. Meu Deus, que peso.

Estar tão próximo, mas ao mesmo tempo tão distante.

Sento na cadeira da varanda de novo. Parte de mim quer entrar correndo, rodopiar abraçado com Six e contar tudo o que acabou de acontecer. Cada palavrinha da conversa. No entanto, meu lado realista sabe que a conversa que acabei de ter talvez não signifique absolutamente nada. Talvez eu nunca mais tenha notícias dele. E, caso isso aconteça, por mais que eu tente entrar em contato com todos ao meu alcance, isso significaria que a decisão do casal é definitiva. E seríamos legalmente obrigados a aceitá-la.

Escondo meu rosto nas mãos porque, até agora, eu sabia que podia depositar minhas esperanças em várias áreas diferentes. Se uma das minhas iniciativas falhasse, eu sabia que podia tentar outra coisa para encontrá-lo.

Mas, agora, todas as nossas esperanças foram depositadas nessa única conversa. Nesse único homem.

Estamos no meio do maior julgamento das nossas vidas e temos um júri de uma pessoa só decidindo nosso futuro.

— Oi.

Enxugo os olhos e desvio o olhar da porta por onde Six acabou de aparecer. Levanto e lhe dou as costas. Guardo o celular no bolso.

— Daniel? Você está chorando?

Passo as mãos debaixo dos olhos mais uma vez.

— Não. É alergia.

Eu me viro para ela e abro o sorriso mais falso que já dei na vida.

— Você não tem nenhuma alergia.

— Não?

— Não. — Ela se aproxima e põe as mãos no meu peito, os olhos cheios de preocupação. — O que houve? Por que está chorando? Você nunca chora.

Ponho as mãos no rosto dela e pressiono minha testa na sua. Sinto seus braços cercarem minha cintura.

— Six, eu te conto tudo — sussurro. — Mas não quero falar disso. Ainda não. Quero só um tempinho para assimilar as coisas, pode ser?

— Assim eu fico assustada.

— Eu estou bem. Perfeitamente bem. Foi só um momento. Preciso que confie em mim. — Ponho os braços ao seu redor e a aperto com firmeza. — Estou com fome. Tudo o que quero é comer toda aquela comida, ficar com você e meus amigos e não pensar em mais nada hoje. Estou bem. Juro.

Ela faz que sim, com a cabeça encostada no meu ombro.

— Tudo bem. Mas estraguei o molho, então a pizza já está a caminho.

Dou uma risada.

— Bem que imaginei.

Capítulo Cinco

Já se passaram oito horas desde a ligação daquele homem. Confiro meu celular a cada cinco minutos para ver se não tem nenhum e-mail, ligação perdida ou mensagem de texto.

Nada.

Ele não disse quando ia falar com a esposa. Talvez esteja esperando o momento perfeito, o que pode demorar semanas ou meses. Ou talvez eles já tenham conversado e ela tenha decidido não se comunicar conosco.

Talvez eu vá passar o resto da vida conferindo o celular, esperando o contato deles. Eu devia ter pedido para ele me avisar caso os dois decidissem não ter contato conosco. Assim, ao menos eu teria uma resposta definitiva.

— Sua vez, Daniel — diz Jack para mim.

Ponho o celular na mesa de novo e jogo os dados. Sugeri que a gente jogasse Banco Imobiliário quando Jack e Karen chegaram em casa mais cedo. Eu precisava me concentrar em outra coisa, mas esse maldito jogo é lento demais. Holder pediu para ser o banqueiro porque ele não confia em mim e conta três vezes o dinheiro de todo mundo.

Movo o dedal e vou parar em Park Place.

— Eu compro — digo.

221

— São 350 dólares — diz Holder.

Pago com notas de cinco porque, por algum motivo, é tudo que tenho. Observo-o contar. Depois ele conta de novo. Ele faz como se fosse pôr as notas na bandeja, mas depois pega o maço e começa a contá-las pela *terceira* vez.

— *Caramba*. Vai logo, cacete — digo grunhindo.

— Olha a boca — diz Jack.

— Desculpe — murmuro.

Holder para de contar o dinheiro. Ele está me encarando do outro lado da mesa.

— Está tudo bem? — pergunta Six, preocupada.

— Está, sim — tranquilizo-a. — Esse jogo está demorando uma eternidade porque Holder fica contando o dinheiro como uma toupeira cega.

— Vá se ferrar — diz Holder, continuando a *terceira* contagem do meu dinheiro.

— As toupeiras são realmente cegas, então é redundância dizer *toupeira cega* — diz Breckin.

Viro a cabeça e o fulmino com o olhar.

— Calado, Bambi.

— Sério — diz Holder rispidamente enquanto toma de volta o meu título de Park Place. — Acabou para você. Vá para casa.

Pego o título de volta.

— Não, a gente não acabou. Vamos terminar essa droga de jogo.

— Você está deixando o jogo sem graça — diz Sky.

— Sério — diz Six. Ela aperta minha perna por baixo da mesa com um pouco de força. — Vamos fazer uma pausa. Podemos ir nos agarrar lá em casa. Talvez assim você se sinta melhor.

Isso realmente parece bem melhor e mais provável de me distrair do que esse jogo ridículo. Jogo o título de Park Place no centro do tabuleiro.

— Boa ideia.

— Já vai tarde — murmura Holder.

Ignoro-o e me dirijo à porta da frente. Six se desculpa por mim, fazendo com que eu me sinta um merda, mas não a detenho. Amanhã peço desculpas a todos.

A questão é que nunca me senti tão reprimido assim. Aquela ligação fez com que eu ficasse me perguntando se é assim que Six se sente o tempo inteiro. Talvez ela se sinta dessa forma desde o dia em que pôs o bebê para adoção, e, nesse caso, sou o maior babaca por jamais ter percebido e por não ter feito nada antes dessa semana.

Contornamos sua casa até a lateral, pois ela ainda usa a janela do quarto sempre que sai da casa de Sky. Logo antes de Six empurrá-la, agarro sua mão. Ela se vira, e eu deslizo a mão pelo seu cabelo e lhe puxo a cintura.

— Me desculpe. Amo você.

— Também amo você — diz.

— Desculpe o mau humor.

— Tudo bem. Você foi o maior babaca lá com o pessoal, mas eu te conheço. Você vai consertar a situação.

— Vou mesmo.

— Eu sei.

— Amo você. Não importa o que aconteça.

— Eu sei. — Ela empurra a janela para abri-la. — Venha, vou te deixar pegar nos meus peitos. Talvez assim você se distraia um pouco.

— Nos dois?

— Claro.

Ela entra pela janela e vou logo atrás, me perguntando como foi que encontrei a única garota no mundo que consegue me entender.

E, embora saiba exatamente quem eu sou, ela ainda me ama mesmo assim.

Quando estamos parados ao lado da cama dela, eu a beijo, e é um beijo gostoso. Um beijo que me distrai. Quando estou prestes a deitá-la na cama, meu celular vibra no bolso.

Minha adrenalina começa a ficar ainda mais forte. Me afasto na mesma hora e vejo a mensagem que chegou. Praticamente murcho ao perceber que é apenas uma mensagem de Holder.

Tá tudo bem, cara? Quer conversar?

— É só o Holder — digo, como se Six estivesse se perguntando quem foi que me escreveu.

Guardo o celular no bolso. Ela se senta na cama e me puxa para cima dela e, embora eu tenha agido como o maior babaca hoje à noite, ela deixa a gente ficar se agarrando por quinze minutos sem parar. Até me deixa tirar seu sutiã. Não transamos desde o dia no armário dos zeladores, então já faz um tempo do cacete. Mas é bom saber que ainda temos algo pelo que ansiar. Muito embora eu não veja a hora de transar com ela de novo, não quero que seja hoje. Hoje me comportei como um moleque. Ela merece transar comigo quando eu não estiver agindo assim.

Meu celular vibra de novo, mas agora o ignoro. Holder pode esperar.

— Acho que você recebeu outra mensagem — diz Six.

— Eu sei. Dá para esperar.

Ela empurra meu peito.

— Eu já queria fazer xixi mesmo.

224

Deito de costas e a vejo indo ao banheiro. Tiro o telefone do bolso e vejo uma notificação do Gmail.

Sinto meu coração revirar. Clico na notificação com tanta força que fico surpreso por não derrubar o telefone.

É um e-mail de alguém chamado Quinn Wells.

Não conheço esse nome.

Não conheço esse nome, o que é algo bom. Pode ser algo bom. Agora estou de pé. Andando de um lado para o outro. Ouço a descarga do banheiro. Leio o assunto do e-mail.

Oi.

Só isso. Só *Oi*. Nem sei como interpretar, então continuo lendo.

> Caros Six e Daniel,
> Graham me contou da conversa de vocês.
> É estranho, porque já escrevi inúmeras cartas para a mãe biológica do meu filho. Cartas que eu sabia que jamais iria enviar. Mas agora que sei que vocês vão ler, nem sei por onde começar.

— Ah, meu Deus. Puta merda. Porra, porra, porra. Aê, porra!

Cubro a boca com uma das mãos e paro de ler, porque não é algo que eu deveria ler sozinho. Six precisa ler isso. Ela sai do banheiro e me vê de pé ao lado de sua cama. Gesticulo para que ela se aproxime logo e se sente.

— O que foi?

— Senta. Senta. — Dou um tapinha na cama e me sento ao seu lado. Ela está muito confusa, mas não sei descrever o que está acontecendo, então começo a tagarelar na esperança de que ela consiga decifrar minhas palavras. — É o seguinte, fiz umas ligações no outro dia. E hoje um cara me ligou, e eu não sabia se eles entrariam em contato de novo com a gente, então nem te disse nada, mas...

Empurro meu celular para as mãos dela.

— Olha aqui. Veja só isso. Não li ainda, mas...

Six pega meu celular e me encara com uma preocupação compreensível. Ela desvia o olhar e fita a tela do aparelho.

— Caros Six e Daniel — diz ela em voz alta. — Graham me contou da conversa de vocês. É estranho, porque já escrevi inúmeras cartas para a mãe biológica do meu filho. Cartas que eu sabia que...

Six para de ler e me olha. Vejo pelos seus olhos que ela não faz ideia do que é, mas que está torcendo para que seja o que está pensando, embora esteja assustada demais para pensar isso.

— São eles — digo, apontando para meu celular. — Quinn Wells. É o nome dela. E o nome do marido dela deve ser Graham. Quinn e Graham. Nosso bebê está com eles.

Six solta o aparelho e cobre a boca. Nunca vi olhos se encherem de lágrimas com tanta rapidez assim.

— Daniel? — sussurra ela.

Sua voz está cautelosa. Ela está com medo de acreditar.

Pego o celular.

— São eles — digo de novo.

— Como? — Ela está meneando a cabeça, totalmente incrédula. — Não estou entendendo. Você falou com o marido dela? Mas... *como?*

Ela está assustada demais para ler o e-mail. Eu provavelmente deveria ter explicado tudo antes para que este momento não fosse tão caótico, mas eu não sabia que ele falaria com a esposa hoje e que ela entraria em contato conosco e *puta merda, não acredito que isso está mesmo acontecendo.*

— Liguei para aquela moça que você mencionou. Ava. Hannah disse que eu era irritante e que precisava ser persistente, então foi o que fiz e implorei de verdade para ela, Six. Não sabia se ia dar certo, mas ele me ligou hoje e disse que ia deixar a decisão nas mãos da esposa. Me desculpe por não ter te contado, mas não queria que você ficasse esperançosa, porque eu não sabia se ela ia mesmo entrar em contato com a gente. Mas ela entrou.

O corpo inteiro de Six está tremendo com os soluços. Ela está chorando tanto que não consegue ler o e-mail. Puxo-a para perto.

— Está tudo bem, meu amor. Está tudo bem. Isso é bom.

— Como você sabe? — diz ela em meio às lágrimas. — E se ela tiver escrito para nos dizer que devemos deixá-los em paz?

Ela está apavorada, apesar de não precisar se sentir assim. Não sei como eu sei, já que ainda não li o e-mail, mas algo me diz que o contato de Quinn é algo positivo. O marido dela pareceu me escutar hoje, e não acho que eles escreveriam para dizer algo ruim.

— Quer que eu leia em voz alta?

Six faz que sim e se aconchega no meu corpo. Ponho o braço ao seu redor enquanto ela pressiona o rosto no meu peito, como se não quisesse ver o e-mail. Pego o celular e continuo a leitura da carta em voz alta. Leio desde o começo outra vez.

Caros Six e Daniel,
Graham me contou da conversa de vocês.
É estranho, porque já escrevi inúmeras cartas para a mãe biológica do meu filho. Cartas que eu sabia que jamais iria enviar. Mas agora que sei que vocês vão ler, nem sei por onde começar.
Primeiro, quero aproveitar para me apresentar. Eu me chamo Quinn Wells e o nome do meu marido é Graham.

Nós dois nascemos e crescemos em Connecticut. Por força das circunstâncias, passamos um tempo na Itália, onde tivemos a sorte de receber a dádiva que foi adotar o lindo bebê de vocês.

Preciso largar o aparelho e respirar. Six ergue o rosto do meu peito e me olha, assustada com a minha pausa. Sorrio para ela e enxugo uma lágrima.

— Ela disse que ele é lindo.

Six sorri.

— Não acho que vou conseguir ler em voz alta — digo. — Vamos ler juntos.

A esta altura, já estamos duas pilhas de nervos, então estendo o braço, pego lenços de papel na mesa de cabeceira e os entrego para Six. Ela endireita a postura e eu ergo o celular. Encostamos nossas cabeças e continuamos lendo o e-mail.

Nossa luta com a infertilidade foi bem longa. Foi muito difícil concebermos um bebê, e, quando finalmente conseguimos, o resultado foi uma gravidez inviável e uma histerectomia. Não quero inundá-los com todos os detalhes dolorosos, mas saibam que, com as dificuldades que eu e Graham enfrentamos, nosso casamento se tornou mais forte e mais amoroso do que eu jamais seria capaz de imaginar.

E agora, graças a vocês, meu casamento é nada menos do que perfeito.

Como você foi mãe muito jovem, nem consigo imaginar como deve ter sido difícil colocar seu filho para adoção. E como sou incapaz de compreender a dor que você deve ter sentido, às

228

vezes me pergunto se você não é incapaz de compreender nosso júbilo e a gratidão que sentimos.

Foi minha irmã quem nos contou a seu respeito. Você a conhece. Ava. Ela a amava e a respeitava não apenas como uma de suas alunas preferidas, mas como pessoa.

Perdoe-me se eu estiver enganada quanto a algum detalhe, pois não nos revelaram muitas informações sobre sua situação. Disseram que você era uma intercambista americana na Itália. Ava nos informou que você estava procurando uma família para adotar seu filho. Não quisemos ficar muito esperançosos, pois Graham e eu já nos decepcionamos muito no passado, mas era o que mais desejávamos na vida. Na noite em que Ava foi lá para casa e nos contou sobre a oportunidade, pedi para ela parar de falar na mesma hora. Eu não queria escutar. Estava morrendo de medo de que a situação não fosse dar certo no final. A ideia de não dar certo depois de eu ficar esperançosa era mais apavorante para mim do que pensar que nunca aconteceria.

Depois que Ava foi embora, Graham conversou comigo sobre meus medos. Nunca vou esquecer as palavras que ele disse. Foram elas que me fizeram mudar de ideia e abrir o coração para aquela possibilidade. Ele disse: "Se você não estivesse completamente apavorada neste momento, eu estaria convencido de que não somos os melhores pais para a criança, pois se tornar pai ou mãe tem que ser a coisa mais apavorante a acontecer na vida de uma pessoa."

Assim que Graham disse isso, percebi que ele tinha toda a razão. Tornar-se mãe não é uma questão de garantir a própria felicidade. É uma questão de correr o risco de se sentir apavorada e até mesmo arrasada por causa de uma criança. Isso também se aplica a você, como mãe biológica dele. Sei que foi uma decisão árdua. Mas, por algum motivo, você aceitou um futuro com um medo desconhecido em troca da felicidade do seu filho. Nunca serei capaz de agradecer o suficiente por isso.

Ainda não sei por que nos escolheu. Talvez tenha sido porque Ava pôde lhe garantir que éramos pessoas honestas, ou talvez ela tenha contado nossa história. Quaisquer que tenham sido seus motivos, posso garantir que não existe ninguém neste mundo capaz de amar seu filhinho tanto quanto Graham e eu amamos.

O advogado nos aconselhou a escolher a adoção fechada por vários motivos. O principal era para nos deixar tranquilos, pois assim, se você mudasse de ideia e quisesse encontrar seu filho no futuro, nós estaríamos protegidos.

No entanto, o fato de você não poder entrar em contato conosco devido à natureza da adoção não me deixou nada tranquila. Eu estava morrendo de medo. Não era um medo irracional de perder nosso filho para você, mas um medo concreto de que você passasse o resto da vida sem conhecer o belo serzinho que pôs no mundo.

Apesar de ainda não ter completado um ano, ele é o menininho mais incrível de todos. Às vezes, quando estou com ele no colo, fico me perguntando tantas coisas. Eu me pergunto de onde veio o formato encantador da boquinha dele. Se ele herdou os vastos cabelos castanhos de você ou do pai. Se a sua personalidade brincalhona é um reflexo das pessoas que o geraram. Ele tem tantas características maravilhosas, e tudo o que queremos é compartilhá-las com as pessoas que nos abençoaram com ele.

Decidimos que ele se chamaria Matteo Aaron Wells. Escolhemos Aaron por significar "milagroso" e Matteo por ser um nome italiano que significa "presente". E é exatamente isso que Matteo é para nós dois. Um presente milagroso. Algumas semanas atrás, Graham e eu decidimos que ao menos consideraríamos a ideia de entrar em contato com vocês. Falamos com nosso advogado e pedimos suas informações, mas eu ainda não tinha escrito para você porque estava hesitante. Até mesmo hoje de manhã, quando Graham me falou da ligação, eu hesitei.

Mas então, uma hora atrás, aconteceu uma coisa. Matteo estava na cadeirinha, e Graham estava dando purê de batata na boca dele quando entrei na cozinha. Assim que Matteo me viu, ele ergueu as mãos e disse: "Mama."

Não foi a primeira palavra que ele disse, nem a primeira vez que ele disse "mama", mas foi a primeira vez que ele usou o termo para se referir especificamente a mim. Eu não sabia o quanto aquilo iria me abalar. O quanto seria importante para mim. Na mesma hora, peguei-o no colo, apertei-o contra o meu peito e chorei. Então Graham me puxou para o peito dele, e nós dois ficamos parados, chorando juntos por vários minutos. Foi um momento ridículo, e talvez a gente tenha se empolgado demais, mas foi apenas naquele momento que tudo pareceu real e permanente.

Somos uma família.

Ele é nosso filho, somos os pais dele, e nada disso teria sido possível sem você.

Assim que Graham me soltou, eu disse que precisava escrever este e-mail. Quero que Matteo saiba que, além de ter nós dois como pais, ele também tem mais um pai e uma mãe que se importam com ele tanto quanto a gente. Uma mãe biológica que se importa tanto com ele que sacrificou a própria felicidade para que ele tivesse uma vida que ela, por quaisquer que fossem os motivos, achou que seria incapaz de lhe dar na época de seu nascimento.

Nós iríamos adorar que vocês o conhecessem em algum momento. Podem nos ligar no número abaixo ou nos mandar um e-mail, se preferir. Seria uma honra finalmente ter a oportunidade de lhe agradecer pessoalmente.

Seguem anexas algumas fotos dele. Ele é o garotinho mais feliz que conheço, e não vejo a hora de ele se tornar uma parte importante da vida de vocês dois também.

Muito obrigada por nosso presente milagroso.
Com carinho,
Quinn, Graham e Matteo Wells.

Nós dois nos abraçamos.
Nos abraçamos e choramos. Muito.

Capítulo Seis

Nem sei como descrever este momento que Six e eu estamos compartilhando. É a melhor coisa que já me aconteceu. Acho que nunca chorei de felicidade antes. Acho que nunca vi Six chorar tanto e rir ao mesmo tempo. Estamos um caos, e é tão incrível. Sempre que começo a falar, nós dois choramos. Sempre que *ela* começa a chorar, nós dois choramos. Nem sequer conseguimos falar, e olha que já se passaram cinco minutos desde que acabamos o e-mail.

Ficamos esperando as fotos anexas carregarem no celular mas está demorando uma eternidade, então Six pega o notebook dela. Faço o login na minha conta de e-mail e aperto para baixar as imagens.

Quando a primeira foto carrega, ficamos tão boquiabertos que nem o ar inteiro do quarto preencheria nossas bocas.

Ele é igualzinho a mim.

Mas também é igualzinho a ela.

É tão estranho e incrível ver essa vida que criamos. De alguma maneira, isso faz com que eu me sinta ainda mais próximo de Six.

— Meu Deus — sussurra ela. — Ele é perfeito.

— Role a tela para baixo — digo, querendo urgentemente ver mais depois desse pequeno vislumbre.

Abrimos todas as fotos. Damos zoom em suas feições. Ele tem a boca de Six, meus olhos, e o cabelinho é denso e castanho.

Também damos zoom no ambiente. Ele parece ter um imenso quintal, com um conjunto inteiro de brinquedos que ainda é pequeno demais para usar. São cinco fotos no total, e, depois de olharmos vinte vezes cada uma, eu digo:

— A gente deveria ligar para eles.

Six assente.

— Devíamos mesmo. — Ela põe a mão na barriga. — Estou tão nervosa.

— Eu também. Eu também, amor.

Six se senta na beira da cama e eu fico andando de um lado para o outro enquanto disco o número que Quinn pôs no e-mail. Ponho o celular no viva-voz e, quando começa a chamar, me sento ao lado de Six.

— Alô. Graham falando.

— Alô. Oi, sou eu, Daniel. Acabamos de receber o e-mail da sua esposa.

Sinto que eu deveria dizer mais alguma coisa. Tipo *obrigado* ou *amamos vocês* ou *que tal a gente passar aí agora à noite para conhecê-lo?*

— Ótimo — diz Graham. — Vou chamar a Quinn.

A ligação fica em silêncio, e Six e eu nos entreolhamos nervosos. Então uma mulher diz:

— Oi. É a Quinn. Estou falando com Six e Daniel?

— Isso — dizemos em uníssono.

— Obrigada — acrescenta Six rapidamente. Ela está chorando, mas também está com o maior sorriso que já vi em seu rosto. — Obrigada mesmo. Ele é tão perfeito. Estamos muito felizes por ver que ele está feliz assim. Obrigada.

Ela cobre a própria boca para não falar mais.

Quinn dá uma risada.

— *Eu* que agradeço — diz ela baixinho. — Todas as minhas palavras foram sinceras.

— Onde vocês moram? — pergunto. — Ainda estão na Itália?

— Ah, não. Esqueci de mencionar no e-mail. Voltamos para Connecticut alguns meses atrás. Queríamos ficar mais perto dos pais de Graham.

— Então Matteo está aqui? A gente está no mesmo país que ele?

— Isso.

Six enxuga os olhos.

— E realmente não vai ser um problema se formos conhecê-lo?

— Seria um prazer. Mas sabemos muito pouco sobre vocês dois. Poderiam falar um pouco disso antes? Onde vocês moram?

— Nós dois estudamos numa universidade em Dallas — digo. — Six quer ser psicóloga.

— Psiquiatra — corrige Six em meio às lágrimas.

— Alguma coisa que começa com *psi* — acrescento. — Já eu ainda não sei o que quero fazer. Ainda estamos no primeiro ano, então estamos resolvendo as coisas com o passar do tempo.

— E ainda estão namorando?

— Estamos. Bom, tecnicamente só começamos a namorar depois que o bebê foi adotado. Mas agora estamos namorando, sim.

— Adorei — diz Quinn.

— Daniel é maravilhoso — diz Six. — Você vai adorar ele.

Ela me olha e sorri. Aperto sua mão.

— E vai adorar Six mais ainda.

— Eu já adoro vocês dois por causa do que nos deram — diz Quinn. — Bom, sabemos que vocês estão loucos para conhecê--lo, mas não queremos que percam muitas aulas. Até diríamos para vocês virem no próximo fim de semana, mas íamos preferir se pudessem passar mais de um ou dois dias. O que acham do recesso de Natal? Já é daqui a algumas semanas.

Parece mais que é daqui a um século.

Percebo que Six sente o mesmo, pois ela murcha um pouco. Mas depois diz:

— Perfeito. Nós vamos.

— Isso, nós vamos.

Quinn diz:

— Precisam de ajuda para pagar as passagens aéreas?

— Não, vocês já fizeram o bastante — diz Six. — De verdade.

Há uma pausa, e então Graham pega o telefone.

— Agora vocês têm nosso número. Vamos mandar nosso endereço por mensagem. Depois avisem os dias em que vocês querem vir que a gente se organiza para recebê-los. Não vemos a hora de conhecê-los.

— Obrigada — diz Six de novo.

— Sim. Obrigado.

Six aperta tanto minha mão que está meio que doendo. Graham e Quinn se despedem. Quando desligo a ligação, passamos um instante sentados em silêncio, assimilando tudo.

— Merda — murmuro.

— O que foi?

Olho para Six.

— Isso significa que vamos ter que contar para os nossos pais que eles são avós.

Six parece preocupada, mas apenas por um segundo. Depois sorri.

— Meus irmãos vão te odiar.

Eu achava que isso ia me assustar, mas não me assusta.

— Não ligo. Nada é capaz de estragar toda essa felicidade.

Six dá uma risada, se levanta e puxa minhas mãos.

— A gente precisa contar para Sky e Holder!

Six sai pela janela e entra na janela do quarto de Sky. Vou bem atrás dela.

Quando aparecemos de supetão na sala, todos nos encaram. Eles ainda estão jogando Banco Imobiliário.

— Nós o encontramos! — diz Six.

Tenho certeza de que dá para todos perceberem que estávamos chorando, o que explicaria a expressão de preocupação na cara de cada um.

— Encontraram quem? — pergunta Karen.

Sky entende imediatamente do que estamos falando e por que parecemos tão perturbados e entusiasmados. Ela se levanta devagar e cobre a boca. Depois diz:

— Não acredito.

Six faz que sim.

— É. Acabamos de falar com eles. Vamos conhecê-lo no mês que vem.

— Conhecer quem? — diz Breckin.

— O bebê? — diz Holder.

Faço que sim.

— Isso. O nome dele é Matteo. E é muito fofo. É a nossa cara.

— Quem é Matteo? — pergunta Karen.

— Do que vocês estão falando? — pergunta Jack.

Holder e Sky atravessam a sala correndo. Holder nem deve estar ligando para o fato de que o tratei mal mais cedo, pois me abraça. Six e Sky se abraçam e soltam gritinhos. E então nós quatro nos abraçamos. *Meu Deus, eu abracei demais essa semana..*

Quando nos afastamos, Jack, Karen e Breckin ainda estão nos encarando, mais do que irritados.

— O que está acontecendo? — pergunta Karen para Sky

Sky responde por nós:

— Daniel engravidou Six, ela teve o bebê na Itália e o colocou para adoção. E eles o encontraram!

— Eu não sabia que tinha engravidado Six — digo, sem saber por quê.

— E eu não sabia que tinha sido *ele* que tinha me engravidado — diz Six.

— É complicado — acrescenta Holder.

Karen está de olhos arregalados, encarando Six.

— Você... você teve um *bebê*?

Six faz que sim.

— Tive, e não me leve a mal, mas não temos tempo de explicar agora. Precisamos contar para os nossos pais que eles são avós.

— Seus pais não sabem? — pergunta Jack. Por algum motivo, ele encara Holder com um olhar fulminante. — Você e Sky têm algo a nos dizer agora que isso tudo veio à tona?

Holder balança a cabeça.

— Não. Não, senhor. Nada de bebês no nosso caso. Ainda não. Quero dizer, só daqui a um bom tempo. Anos.

Por mais que eu goste de ver Holder nervoso, Six e eu temos mais o que fazer. Temos pessoas para informar. Pais para irritar. Seguro sua mão e a levo até a porta da casa.

— Me desculpem por ter sido um babaca mais cedo! — grito para todo mundo. Depois olho para Breckin. — E nunca mais vou te chamar de Bambi. Agora sou pai e preciso dar um bom exemplo.

Breckin faz que sim.

— Valeu. Eu acho.

Six me empurra para fora.

— Vamos contar para os seus pais primeiro — diz ela. — De manhã, a gente conta para os meus. Eles já estão dormindo.

238

Capítulo Sete

Six e eu estamos sentados na namoradeira. Ela está segurando minha mão. Hannah e Bolota estão no sofá. Meus pais estão preocupados demais para se sentar, então não param de andar de um lado para o outro da sala.

— Você está assustando a gente, Daniel — diz minha mãe.

— O que aconteceu? — pergunta meu pai. — Você nunca convocou nenhuma reunião de família. — Ele olha para Six. — Ah, meu Deus. Você está grávida? Daniel te engravidou?

Nós nos entreolhamos e Six diz:

— Não. Bom... tecnicamente, não.

— Você *quer* engravidar? — pergunta ele, ainda tentando adivinhar.

— Não — responde Six.

— Estão noivos? — pergunta minha mãe.

— Não.

— Doentes? — pergunta ela.

Queria que eles apenas calassem a boca e me deixassem elaborar meus pensamentos. É algo difícil de falar.

— Vão terminar o namoro? — pergunta meu pai.

— Largou a universidade? — pergunta minha mãe.

— Jesus amado! Eles tiveram um filho! — grita Bolota, irritada. Na mesma hora, ela cobre a boca com sua mão e me encara de olhos arregaladíssimos. — Foi mal, Daniel. Essas tentativas de adivinhar estavam me enchendo o saco.

— Tudo bem — tranquilizo-a.

Meus pais me olham com um silêncio perplexo. E confusos.

— Vocês... *como é que é?*

— Six e eu... hum...

Não sei direito o que dizer.

— A gente transou num armário escuro mais ou menos um ano antes de nos conhecermos oficialmente — diz Six. — Eu engravidei. Descobri durante meu intercâmbio na Itália. Eu não sabia com quem eu tinha transado, então não sabia quem era o pai e coloquei o bebê para adoção. Mas quando voltei e comecei a ficar com Daniel, nós dois descobrimos tudo. E agora sabemos onde está o bebê e vamos conhecê-lo no recesso depois do Natal.

Não foi uma explicação tão delicada quanto eu queria, mas agora já foi.

E meus pais continuam calados.

— Me desculpem — murmuro. — A gente usou camisinha.

Eu estava achando que eles ficariam zangados ou tristes, mas meu pai começa a gargalhar.

E minha mãe também.

— Essa foi boa — diz meu pai. — Mas não vamos cair nesse papo.

— Não é uma pegadinha — digo.

Olho para Hannah e para Bolota em busca de apoio, mas elas estão totalmente boquiabertas.

— Pera aí — diz Hannah. — Você o achou? Você realmente o *achou?*

240

Ah, é. Eu tinha esquecido que Hannah e Bolota não sabiam dessa parte.

Six faz que sim e pega seu celular para mostrá-lo a Hannah.

— Eles nos mandaram um e-mail hoje.

Hannah pega o celular de Six.

Minha mãe olha para Bolota como se ela fosse a única pessoa incapaz de mentir.

— É verdade — diz Bolota. — Daniel contou pra gente uns dias atrás. Aconteceu mesmo.

— Temos fotos — falo, pegando meu celular.

Minha mãe balança a cabeça e começa a andar de um lado para o outro novamente.

— Daniel, se isso for uma brincadeira sua, nunca vou te perdoar.

— Não é brincadeira, sra. Wesley — diz Six. — Eu nunca brincaria com algo assim.

— Escutem, sei que estão chocados.

Meu pai ergue a mão para que eu me cale.

— Vocês tiveram um filho e o colocaram para adoção sem nem *contar* para nós dois?

— Ele só soube depois que aconteceu — diz Six para me defender. — Eu não sabia quem era o pai.

Meu pai está parado ao lado da minha mãe, ainda me fulminando com os olhos.

— Como você não...

Minha mãe põe a mão no ombro do meu pai para que ele não termine a frase.

— A gente precisa de um momentinho — diz minha mãe.

Six e eu nos entreolhamos. Estávamos tão animados que nem pensamos em como seria contar para nossos pais. Vamos para o meu quarto, mas esperamos com a porta aberta para poder escutar o que eles têm a dizer. Mas ninguém diz nada. Ouvimos apenas suspiros. Muitos suspiros.

Meu pai é o primeiro a falar:

— Será que devemos deixá-lo de castigo? — pergunta ele para minha mãe.

— Ele tem 19 anos.

Outra pausa. Em seguida:

— Nós somos *avós*? — diz minha mãe.

— Não temos idade para ser avós.

— Pelo jeito, temos. E eles disseram que era um menino? — pergunta ela.

— Isso. Um menino. Nosso menino teve um menino. Nosso filho tem um filho. *Meu* filho teve seu próprio filho. Eu tenho um neto.

— Eu também — murmura minha mãe, incrédula.

Six e eu esperamos com paciência e escutamos os dois elaborarem a situação.

— Não estou pronta para ser avó — diz minha mãe.

— Bom, você já é.

— Qual será o nome dele? — pergunta meu pai.

Essa eu quero responder.

— Matteo! — grito para o corredor.

Da sala de estar, meu pai dá uma olhadela no corredor. Quando o vejo, abro totalmente minha porta. Nós dois nos encaramos por um instante. Ele parece decepcionado. Eu quase diria que acharia melhor vê-lo zangado.

— Bom — diz ele, gesticulando para que voltemos à sala. — Vejamos as fotos então.

Nós nos sentamos à mesa e meu celular passa por todos eles, que se revezam vendo as fotos. É só depois de uns dez minutos que a ficha cai para minha mãe, que começa a chorar.

— Ele é tão lindo — diz ela.

Six está apertando minha mão de novo. Depois começa a chorar, pois sempre que Six vê alguém chorando, *ela* chora.

— Me desculpem por ter deixado alguém adotá-lo — diz ela para meus pais. — Eu não sabia o que fazer.

Os olhos da minha mãe viram-se com rapidez para Six. Ela levanta da cadeira, segura as mãos de Six e a olha bem nos olhos.

— Não precisa se desculpar por nada. Não mesmo. Nós te amamos tanto, Six.

Elas se abraçam, e agora sou *eu* que fico com lágrimas nos olhos. Por mais que eles me façam passar vergonha, dei a maior sorte com os pais que tenho.

Na real, acho que também dei sorte com as irmãs que tenho.

— Quero conhecê-lo — diz Bolota. — Quando a gente pode ir conhecê-lo?

— Espero que todos vocês o conheçam. Mas acho que é melhor irmos só nós dois na primeira viagem.

Todos parecem concordar.

— Ah, e mais uma coisa — acrescento ao me virar para meus pais. — Vocês poderiam comprar nossas passagens de avião para Connecticut?

Capítulo Oito

Três semanas depois

Concordamos em pegar um Uber do aeroporto para a casa deles. Conhecer nosso filho num aeroporto parecia sem graça demais.

Não dizemos muita coisa durante o trajeto. Essas foram as três semanas mais longas das nossas vidas, e, por mais que a gente quisesse ligar para eles todos os dias, nós nos seguramos. Não queríamos assustá-los.

— O bairro parece ótimo — digo enquanto nos aproximamos.

Todas as casas estão decoradas para o Natal. Olho para Six, que parece nervosíssima. Ela está pálida.

Quando chegamos ao endereço, ficamos olhando pela janela por um momento. A casa é bonita. Maior do que qualquer outra onde eu e Six o criaríamos. Não que o tamanho da casa importe, mas é óbvio que quero o melhor para ele.

— Está pronta? — pergunto para Six.

Ela balança a cabeça. Seus olhos estão vermelhos, e percebo que está se segurando para não chorar.

É um momento muito importante para nós. Apavorante. Mas nosso motorista do Uber não entende isso e nos diz:

— Ei, eu não sou pago para vocês dois ficarem chorando aí atrás.

O que me irrita para cacete. Bato na parte de trás do apoio de cabeça dele.

— Ela está prestes a conhecer o filho, seu otário! Dê um minutinho pra gente aqui! Além disso, seu carro está fedendo a tacos. Ponha um aromatizador aqui dentro.

O motorista percebe meu olhar fulminante pelo espelho retrovisor e depois murmura:

— Desculpe. Sem pressa. Não sabia que era um momento importante.

— Bom, é sim.

Six revira os olhos para mim.

— Tudo bem — diz ela, fungando. — Estou pronta. Vamos.

Saímos e vou até a traseira do carro para pegar nossas malas. Uma delas tem roupas nossas para uma semana. A outra, brinquedos e roupas que todos mandaram. Sky e Holder, Karen e Jack, Breckin, meus pais e os de Six. Até mesmo os irmãos de Six, que me atormentaram quando descobriram, também nos entregaram alguns presentes antes de partirmos.

O motorista do Uber até nos ajuda e carrega uma das bagagens. Ao fechar o porta-malas do carro, ele me olha:

— Acha mesmo que meu carro está fedendo a tacos?

Dou de ombros.

— Acho. Mas a tacos dos bons.

— Comi tacos no almoço. Seu olfato é ótimo.

Agora estou me sentindo mal por ter sido grosseiro com o cara, mas ele não devia apressar os passageiros daquela maneira.

— Não falei para te insultar. Eu adoro tacos.

O motorista dá de ombros.

246

— Beleza. E ah, também sou entregador do Uber Eats. Posso até buscar tacos para você, se quiser. Tem uma barraquinha excelente na Jackson Street.

Estou com fome.

— São bons mesmo? Sou do Texas, e lá tem tacos maravilhosos.

— Cara, são os melhores tacos que você...

— Daniel? — interrompe Six. Ela ergue a mão e gesticula na direção da casa atrás de si. — Estamos prestes a conhecer nosso filho em questão de segundos. Vai mesmo me deixar plantada aqui enquanto você fica batendo papo sobre *tacos*?

— Eu... foi mal. É que sou louco por tacos.

— Tacos são bons mesmo — murmura o motorista. — Boa sorte com seu filho e tal.

Ele volta para o carro e o liga. Olhamos para a casa no instante em que a porta da frente se abre. Um homem aparece. Suponho que seja Graham.

— Merda — sussurro. — Ele é bonitão. Não sei por que isso me deixa mais nervoso ainda.

— As meias dele são diferentes uma da outra — diz Six enquanto nos aproximamos da casa. — Já gostei dele.

Encontramos Graham perto da porta. Ele aperta minha mão e se apresenta.

— Você deve ser o Daniel — diz ele, depois olha para Six e a abraça. — E você, Six. — Ele se afasta e abre a porta. — Como foi o voo?

Nós entramos com ele, e deixo as duas malas perto da porta.

— Foi bom — digo, olhando ao redor.

Que esquisito estar aqui. Parece que estou prestes a vomitar. Nem consigo imaginar como Six deve estar se sentindo.

247

Há fotos decorando o corredor que leva até a sala. Six e eu andamos devagar e as olhamos. Já vimos a maioria delas, mas não todas.

Quinn aparece, e é exatamente como eu imaginava. Acolhedora, feliz e parece estar sentindo tantas emoções quanto Six. Ela se apresenta, e depois nós meio que só ficamos parados, constrangidos.

— Está pronta para conhecer Matteo? — pergunta Quinn.

Six expira pela boca e sacode as mãos.

— Não quero assustá-lo. Preciso me recompor.

— Não se preocupe — diz Graham. — Passamos o primeiro ano da vida dele como duas pilhas de nervos. Às vezes caímos no choro quando estamos com ele no colo, pois é muita sorte que temos.

Graham e Quinn sorriem um para o outro.

Ele gesticula para que os acompanhemos até a sala de estar, onde finalmente vemos nosso filho. Matteo está deitado no chão, cercado de brinquedos.

Vê-lo pelas fotos foi uma coisa, mas ao vivo é uma experiência totalmente diferente. Six aperta minha mão, e nós dois ficamos boquiabertos. De repente, sinto que não sou bom o bastante para estar aqui. Que não sou digno.

E agora só consigo pensar em Wayne e Garth se abaixando e repetindo: *Não somos dignos! Não somos dignos!* Eu meio que quero me ajoelhar na frente deste lindo menininho e fazer a mesma coisa.

Quinn pega Matteo no colo e o traz até a gente.

Nós dois começamos a chorar. Six encosta os dedos no braço dele e depois em seu cabelo. Depois, ela afasta a mão e cobre a própria boca.

— Quer segurá-lo? — pergunta Quinn.

Six faz que sim, então Quinn entrega Matteo nos seus braços. Six aproxima-o do seu peito e pressiona a bochecha na cabeça dele. Ela fecha os olhos e fica parada, sentindo o cheirinho do menino.

É uma cena bonita para cacete.

Quero tirar fotos, mas seria estranho. Eu não queria esquecer isso nunca, esse momento inteiro, essa cena de Six com nosso bebê. Nosso bebê feliz, saudável, perfeito. Six sorrindo. Vendo o pedaço que lhe faltou por tanto tempo finalmente reconectar todas as partes dela que estavam quebradas.

Nós nos sentamos no sofá com ele, o encaramos, revezamos quem fica com ele no colo.

— Como ele é? — pergunto. — Tímido? Extrovertido? Chora muito? Minha mãe disse que eu adorava abrir o berreiro.

— Matteo é muito simpático — diz Graham. — Como se conhecesse todo mundo.

Six ri e diz:

— Isso ele puxou ao Daniel.

Graham e Quinn estão sentados no sofá na nossa frente. Não parecem nem um pouco nervosos com a nossa presença aqui. Quinn está colada em Graham, com a mão no peito dele. Os dois estão sorrindo. É quase como se parte deles também estivesse precisando disso.

— Matteo não chora muito — diz Quinn. — Mas tem bons pulmões. Adora se ouvir tagarelando.

— Isso ele também puxou a mim — digo.

Passamos um tempo conversando, e eu e Six continuamos revezando quem fica com Matteo no colo. Após cerca de uma hora, Quinn está mostrando a Six um álbum cheio de fotos do bebê.

Graham se levanta, alonga os braços e depois põe as mãos nos quadris. Ele vira a cabeça na direção da cozinha.

— Quer me ajudar com o jantar, Daniel?

Eu me levanto, mas acho melhor adverti-lo.

— Posso tentar, mas normalmente eu só pioro a experiência de cozinhar.

Graham dá uma risada, mas vai para a cozinha mesmo assim, esperando que eu o acompanhe. Tira verduras e legumes da geladeira e os põe no balcão. Desliza uma faca para mim e logo após rola um dos tomates por cima da ilha da cozinha.

— Acha que consegue fatiar um tomate?

— Há uma primeira vez para tudo — digo. Começo a fatiá-lo enquanto Graham prepara o resto da salada. Sinto como se eu devesse agradecer a ele, mas fico muito constrangido durante conversas mais sinceras. Pigarreio. Quando ele me olha, volto a encarar o tomate que estou destruindo. — Não sei se consigo te agradecer o suficiente por ter feito isso por Six.

Graham não diz nada. Quando olho para ele, vejo que está me encarando. Ele dá um sorrisinho e depois diz:

— Não foi por Six que fiz isso. Foi por você.

Isso me faz parar.

— Quando te liguei naquele dia, para ser bem sincero, eu estava preparado para mandar você sumir da nossa vida.

Solto a faca e o tomate e pressiono as palmas da mão no balcão.

— Sério?

Graham faz que sim enquanto fatia meticulosamente uma cebola.

— Eu não queria trazer um possível estresse para a vida de Quinn. Não conseguia enxergar nenhum motivo bom para ter contato com os pais biológicos de Matteo. Já tinha visto histórias nos noticiários, nos jornais... as arrasadoras disputas de guarda. Não queria abrir essa porta. Mas quando te liguei... nem sei dizer.

Deu para ouvir o desespero na sua voz. Sei como é não querer nada além da felicidade da mulher que amamos. — Ele me olha nos olhos. — Você me lembrou de mim mesmo e de como era se sentir daquele jeito. Da angústia que é não conseguir acabar com a dor da pessoa que você ama mais do que a si mesmo.

Droga. Talvez sejam as cebolas. Sei lá. Preciso desviar a vista, pois sinto meus olhos ficarem lacrimosos. Pego a manga da camisa e a encosto neles.

— Que cebolas fortes, cara — murmuro.

Graham dá uma risada.

— Pois é. Devem ser.

Depois de me recompor, volto a ajudar Graham com a comida. Quinn entra na cozinha, olha o tomate na minha tábua de corte e dá uma risada.

— O que você fez com o coitadinho do tomate?

— Tentei avisar a Graham que não presto para nada na cozinha.

Quinn aponta para a faca.

— Eu assumo. Pode ir ficar na sala com sua família.

Sorrio e deixo que ela assuma. No entanto, quando saio da cozinha, preciso parar um instante no corredor para me recompor.

Ela acabou de dizer que somos uma família.

— Essas cebolas de merda — murmuro para mim mesmo.

Volto para a sala e me sento no sofá, ao lado da minha namorada e do nosso filhinho. Fico o tempo inteiro observando os dois juntos e me segurando para não chorar. Mas, caramba, minhas emoções nunca foram tão testadas na vida quanto hoje.

Para ser sincero, hoje aconteceram os melhores momentos que já passei com Six. Foi melhor do que o armário dos zeladores, melhor do que a primeira vez que saímos juntos, melhor do que a soma de todos os dias que passamos juntos. Faz tanto tempo que a gente queria isso, e foi uma tortura passar as últimas três semanas sofrendo, esperando o momento de estarmos aqui com nosso filho.

Mas isso aqui?

É perfeito.

Um milagre, e tanto, de Natal.

Capítulo Nove

Passaremos a semana no quarto de visitas deles. No início relutamos, porque não queríamos abusar da boa vontade do casal. Mas os dois insistiram, e somos dois universitários falidos, então não gastar nada nos pareceu melhor do que qualquer outra opção. Pelo jeito, Ava, a irmã de Quinn, falou tão bem de Six que os dois sentiam como se já a conhecessem antes mesmo de nos convidarem para ver Matteo. Sei que deve ter sido difícil para Quinn e Graham confiar na gente a ponto de nos convidar não apenas para a vida deles, mas também para a casa deles.

Fico feliz de termos decidido ficar aqui, porque adoramos ambos. Graham parece um cara honesto. Ele ri das minhas piadas, o que é importante para mim.

Quinn e Six se deram bem desde o início.

Depois que o casal pôs Matteo para dormir, nós quatro passamos duas horas acordados, só conversando e compartilhando nossas histórias. Eles enfrentaram muitas coisas, mas ver o resultado que tiveram e como os dois parecem felizes me faz pensar que talvez eu e Six possamos ter o que temos para sempre. Existe amor de verdade, e as pessoas desta casa são uma prova disso.

— O Matteo parece tão feliz — diz Six, deitando-se na cama.

— Eles tambem — digo. — Notou a maneira como Graham olha para Quinn? Após onze anos de casamento, ele ainda olha para ela da mesma maneira como eu te olho.

Six vira de lado e sorri para mim. Encosta a sua mão na minha bochecha com delicadeza e seu polegar roça na minha boca.

— Obrigada — sussurra ela. — Você não faz ideia do quanto mudou minha vida.

— É mesmo?

Six faz que sim.

— É. Agora sei que ele está bem. Era só isso que eu queria. E ele vai conhecer a gente. Vamos poder vê-lo o quanto quisermos. E eu amo tanto eles dois. *Tanto.* Estava preocupada achando que conhecer o Matteo e as pessoas que o adotaram fosse apenas piorar as coisas. Mas, quando o vejo com eles, é como se Matteo fosse deles, e eu aceito isso. Matteo é deles dois. Matteo é nosso *e também* deles. — Ela se inclina para a frente. — Eu amo você, Daniel Wesley — sussurra, com a boca roçando na minha. — Finalmente estou me sentindo conectada a tudo de novo.

Six e eu já nos beijamos muito desde que começamos a namorar, mas nunca assim. Agora é como se estivéssemos bem, em paz. Como se cada um de nós estivesse no melhor momento da vida.

Eu a amo tanto. Às vezes, eu a amo tanto que dá vontade de vomitar. O amor é tão grande que me preenche completamente, até eu me sentir nauseado. De um jeito bom. Se é que náusea pode ser algo bom.

Six vem para cima de mim, e não sei o que está prestes a acontecer nem onde nosso beijo vai parar. Talvez ele nos leve bem longe. Tipo, até o fim. Ou talvez não passe disso.

Não ligo, pois o dia de hoje está sendo perfeito. É o melhor dia da minha vida, e sempre será o melhor dia da minha vida.

Não importa o que aconteça.

Six cobre nossas cabeças com o edredom.

— Estou muito orgulhosa de você — diz ela. — Conseguiu passar a noite inteira sem dizer nenhum palavrão. E não deu nenhum apelido para o Matteo. Eu jurava que você não ia resistir e que ia acabar chamando o menino de Peruzinho ou algo assim.

Dou uma risada.

— A gente vai passar a semana inteira aqui. Tenho tempo de sobra para dar uma escorregada.

Six beija meu queixo. Depois minha boca. Depois meu...

Bom. O que vai acontecer em seguida não é da conta de mais ninguém.

Fim

Este livro foi composto na tipografia Adobe
Caslon Pro, em corpo 11/16, e impresso em
papel off-white no Sistema Cameron da
Divisão Gráfica da Distribuidora Record.